KEITAI
SHOUSETSU
BUNKO
SINCE 2009

モテヤンキーにコクられて

acomaru

野いちご
Starts Publishing Corporation

「おいお前、今日からオレの女な」

そう言って突然（とつぜん）あたしの前に現れた、学校一のモテヤンキー。３年生の“柴田蓮（しばたれん）”。

あたし……この人のこと知ってるんだ。
それも、ヤンキーになる前の柴田先輩のことを。

実はあたし……３年前に、柴田先輩にフラれてるの。
まさか今になってコクられるなんて、思ってもみなかった。

でも……彼のあまりの変わりように、あたしは戸惑（とまど）っていたんだ。

☆ contents

第1章
あたしと柴田先輩

ヤンキーに見初められ

あたし、中園美桜、高１。

胸もとまである黒髪ストレートは普通におろしていて、メイクもしていなければ、制服を着崩したりもしていない。

性格だって淡々としていて、いろんな人にやたら愛想よく振るまっているワケでも、なんでもない。

逆に、クールすぎて目立たない部類のはず……なんだよね。

それなのに……。

どうしてこの人に見つけられてしまったんだろう……。

「おいお前、今日からオレの女な」

こんなセリフ……マンガの中だけだと思ってた。

けど今、あたしの目の前で実際にそんなセリフを言い放つ人がいた……。

それは……３年生の、柴田蓮。

ウチの学校では知らない人はいない、金髪頭のヤンキー。

スッとした切れ長の目に、そこらの女子より長いんじゃないかっていうぐらいのマツゲ。

その色気ある瞳に見つめられたら、ほとんどの女子は完璧にヤられちゃうと思う。

芸能人並みに甘いマスクなのに、ヤンキーモードに入るとかなり怖くて、周りを威圧するオーラを一気に放つような人。

素行悪し、先生の評価も最悪。

なのになぜか、生徒のウケは抜群にいい。

そんな人がどうして、あたしなんかを相手にするのか……。

あたしは今、学食にいる。

この高校に入学してから早２ヶ月がたち、いつも学食に来るメンバーは、自然と決まった席に着くようになっていた。

あたしが座っているのは、学食のどまん中。

クラスの友達の森田サナと、向かい合わせになって、お昼を食べていたんだ。

サナは明るい茶髪のボブカットで、見た目も活発だし性格もサバサバしている。

中学のときから仲よしで、あたしが唯一、親友と呼べる友達。

そのサナが席を立った隙に、なぜかあたしの目の前に柴田先輩が座っていた。

そしていきなり、さっきのセリフを言ったの。

茫然とするあたしの周りで、たくさんの女子がキャーキャーとさわぎだす。

……この状況、どうしたらいい？

あたしはもちろん付き合う気なんてないし、この場で断ったっていいんだけど。

一度は目をそらしたものの、チラリと柴田先輩を見ると、真剣な表情をしてあたしを見つめている。

……ウケるんですけど、マジで。

目をそむけたくなるような、明るい金髪。

　この状況に、あたしはどう対応したらいいの……？

「……返事は？」

　ノーなんだけど。

　だけど正直に言ってみんなの前で恥をかかせて、あとでシメられても困るし……。

　周りにいる女子に助けを求めようとするけど、みんな柴田先輩を見つめて、ポワ〜ッと完全にどこかの世界に行ってしまっている。

　……さて、どうしようか。

「……少し、考えさせてください」

　コレがきっと、最良の返事。

　多分あたしの返事を待たずに、柴田先輩は次のターゲットに行くはずだから。

「……わかった。じゃ、とりあえず今日は一緒に帰ろうぜ？」

「今日!?　ムリです」

　あたしが即答すると、周りにいる女子が悲鳴をあげた。

　……今のって、断ったらダメなとこ？

　そしたら柴田先輩が、机に乗りだしてきた。

「あっそぉ。じゃ、明日！」

「明日もムリです」

　再び即答すると、柴田先輩は眉間にシワを寄せ、あたしを軽くにらんできた。

「オレの誘い断るとか、いい度胸してんね？」

　見た目は怖いし、言い方もオレ様だけど、あたしはこの人が怖くはないんだ。

それは……。

数年前の、まだヤンキーじゃなかった頃の、柴田先輩を知っているから。

あたしは柴田先輩から逃れるために、食べ終わったお盆を持って立ちあがった。

「……おい、待てって」

柴田先輩は立ち去ろうとしたあたしの腕をつかみ、軽く引っぱった。

「なんですか？」

「やっぱ今日……一緒に帰ろう。門のところで、待ってる」

「待たれても困ります。あたし、ホントに用事があるんです」

「なんの用だよ」

「……犬の散歩です」

「……は？」

あたしの言葉に柴田先輩は絶句。

そばにいた先輩の友達ふたりが、いっせいに吹きだした。

「ギャハハ！　蓮、ザマねぇな……犬以下かよ。さっ……散歩って。美桜ちゃん、サイコー!!」

……べつに、ウケを狙ったワケでもなんでもないんだけど。

柴田先輩の友達はゲラゲラとお腹をかかえて笑ってるし、周りにいる女子たちは、大騒ぎ。

先輩だけが、真顔であたしのことをじっと見つめていた。

「すっ、すいません。柴田先輩!!　この子、空気読めないんです。あ、あのっ……失礼しますっ！」

ちょうどそこへ、手を洗いに席を立っていたサナが戻ってきた。

　そして、あたしたちのやりとりを見て、先輩に数回頭を下げるとあたしの手を取り、急いで学食を飛びだした。

「もうっ！　美桜!?　なんであんなこと言うの。柴田先輩、言葉失ってたじゃん」

「えー……だって、ホントにコテツの散歩しなきゃいけないし……」

　コテツっていうのは、飼っている犬の名前。

　ヨークシャテリアで、あたしが生まれたときから飼っているんだ。

「だからって、あの場で言うこと？　柴田先輩怒らせたら、怖いよ!?」

「あのくらいで怒るような人、あたしのタイプじゃないもん。でもなんで、あたしなんだろうなぁ……」

　今まで柴田先輩が連れてた女の人は、もっとハデなギャルや、すごくキレイな先輩だったりした。

　あたしみたいになんの特徴もない子と一緒にいたことなんて、一度もないはずなのに……。

「美桜～……もしかして、まだあのこと気にしてるの？もう過去のことだし、柴田先輩も覚えてないよ」

　そうだよ、きっと覚えてない。

　あのときのアレがあたしだったことすら、柴田先輩は気づいてないんだと思う。

　もし、あたしってわかってて声をかけてきたんだとしたら……なおさら、タチが悪いよ。

実は……過去にあたしは……柴田先輩に、フラれている。
今や、ピアスに金髪で近よりがたい雰囲気をかもしだしている、ヤンキーの柴田先輩だけど……。
３年前は、そんなことはなかった。
短く切りそろえられた、黒髪。
カッコよさは今と変わらないんだけど、雰囲気はまったくちがっていた。
それもそのはず。
中学のとき柴田先輩は、練習も生活態度も厳しくて有名なブラスバンド部に所属していた。
そのとき同じ学校の１年生だったあたしは、柴田先輩に密かに憧れていたんだ……。

実は硬派(こうは)!?

それは……あたしがまだ中学１年生で、柴田先輩が３年生だった、今からちょうど３年前のこと……。

中学に入って１ヶ月がたった頃。

学校にも慣(な)れてきて、新しいことばかりで楽しい毎日。

胸もとまである髪は校則(こうそく)でおろせないから、少し高めの位置でツインテールにしていた。

元気だけが取りえのあたしは、合唱(がっしょう)部に入っていて、週に３回、月・水・金の活動日だけ、第１音楽室で歌の練習をしていた。

今日の放課後も、部活に行こうと思っていたら……。

『美桜〜、途中(とちゅう)まで一緒に行こう！』

クラスメートのサナが、うしろからろう下を走ってくるのが見えた。

サナはブラスバンド部に所属していて、第１音楽室のとなりにある第２音楽室で部活の練習をしているんだ。

『うん、いいよ〜』

『ねぇ、合唱部の先輩って優しい？』

『優しいよ！　みんないい先輩ばっかり』

いつも部活に行くのが楽しみなんだよね〜。

『そっかぁ……ウチの先輩、なんかみんな怖くって……』

『えぇーっ、そーなの？』

『そうだよー。楽器もまださわらせてもらえないし！　ひたすら基礎練か、ランニングに腹筋だもん』
『あはは、体育会系～』
『運動苦手だからブラバンに入ったのに、なんでランニング……。あ、だけど今日は先輩たちの合奏があるから、パート練習は１年だけだし、気楽』
　サナはゲッソリしながらも、先輩がいないってことを思い出したようで、ニッコリと笑った。
『なんか大変そーだね』
『うん。だけど、いい先輩もいるし。たまたまウチのパートの女の先輩が怖いだけで。あっ、あとね……男の先輩で、すっごいイケメンがいるんだぁ～』
『イケメン!?　ウソッ、どの人？　となりの部屋だけど、全然知らなかった』
　ウチの中学のブラバンは、吹奏楽コンクールの全国大会出場の常連校で、顧問の先生は、部活での態度もそうだけど、普段の生活態度も部員全員に厳しくしている。
　普段のそういうところからキッチリしておくと、演奏にもいい影響があるから、とかなんとか。
　だからブラバンの部員はみんな頭がよく見えるっていうか、実際に優等生タイプの人が多い。
　サナの言う先輩も、物静かで知的なイメージの人なのかな？
　どんな風にカッコいいんだろう？ってワクワクしていたら……。
『あっ、ちょうど見つけた！　あそこに柴田先輩いるよ！』

サナが指す方を見ると、第２音楽室の前のろう下で、先輩らしき男の人が５人で固まってしゃべっている。

うわ……あたし、あの中の誰が“柴田先輩”なのか、わかっちゃった!!

５人いる先輩の中でただひとりだけ、際立ってオーラのある人がいた。

短く切った黒髪、規定のシャツをちゃんと第１ボタンまでとめて、シャツの裾もきちんとズボンの中に入っている。

目立ったハデさはないけど、硬派なイケメンっていうのかな。

切れ長の目にスッと通った鼻すじ。

柴田先輩と思われる人は、かなり整った顔立ちをしていて、イケメンなのはもちろん、身長が高くてスタイルもいい。

ただ……そこに立っているだけなのに、あたしはその先輩から目を離せずにいた。

『柴田先輩、今日の合奏がんばってください！』

ブラバンの１年の女子が、はずかしそうにそんなことを言っているのが聞こえてくる。

やっぱり、あたしが見てた人だ！

サナが言うように、かなりのイケメン。

あたしがじーっと見ていると、柴田先輩は女の子たちに「おー」って返事をしてすぐに、第２音楽室の中へと消えていった。

『あぁ～、もうあの子が話しかけるからっ！』

サナがくやしそうに、その場で足を交互に踏んでバタバタさせている。

『柴田先輩、カッコいい〜……』

　あたしがポーッとしていると、サナが何度もうなずく。

『でしょっ!?　でも柴田先輩って、不愛想っていうか……ちょっと冷たいの』

『えっ、冷たい？』

『っていうか、気難しい……。無口だしねー。まぁ、ウチの部活の先輩は物静かな人が多いけど……。あたしはよくしゃべる人が好きだから、顔だけがタイプなの』

　そう言って、サナはフフッと笑っている。

『アハハ、なにそれ〜』

　顔だけが好きって……ミーハーな、サナらしい発言！

『とくに、女子とはあんましゃべんないし。男子だけだと盛りあがってたりすることもあるんだけどね』

『へー……でもあたしは、誰とでも仲よくするような、チャラい人よりいいかなぁ』

『まーね。あっ、あたしそろそろ行かなきゃ。じゃーね、美桜』

　サナはブラバンの友達を見つけて、第２音楽室へと走っていった。

　えへへ……カッコいい先輩見つけちゃった。

　合唱部は女子ばっかりで、男子がひとりもいないんだよね。

　部活に来る楽しみが、またひとつ増えた〜！

　第１音楽室に入って練習が始まる頃、となりの第２音楽室からブラバンの演奏が聞こえてきた。

うわぁ……クラシックのＣＤ聞いてるみたい……。

すごーい、感動！

あの音の中に、柴田先輩の音色も……混ざってるんだよね。

あたしは部活の練習そっちのけで、ドキドキしながら合奏の音を聞いていた。

それからというもの、部活がある日には必ず、第２音楽室を気にするようになった。

だんだんわかってきた、柴田先輩のこと。

ブラバンではそれぞれの楽器のパート毎に分かれ、２年の教室で練習をするらしく、あたしはたまにコッソリ、２年の教室のろう下を素知らぬ顔で歩いたりした。

かなり怪しいんだけど、それについては誰にもツッコまれなかった。

柴田先輩のパートはトランペットで、マウスピースでのウォームアップが終わったあと、金色のトランペットを軽々と持ちあげ、キレイなフォームで練習をしていた。

曲を吹くところはまだ見たことがないけど……きっと、すごくカッコいいんだろうなぁ～……。

部活以外で見る柴田先輩はというと、いつもひとりでいることが多かった。

一匹狼なのかな!?

群れないっていうのは、クールな先輩にピッタリで素敵。

もちろん女子といるところなんて、まったく見かけなかった。

　たまに男子の中で固まってしゃべっていても、すごく盛りあがっていそうなときには笑ってるけど、あとはほとんどクールな表情を崩さない。

　サナは柴田先輩を気難しいっていうけど……知的で素敵だよね。

　あんなにカッコいいのに、彼女がいないんだって！

　コレって奇跡に近い。

　もし同じ部活だったら、話しかけたりできるのになぁ……。

　となりの部活じゃ、なんの接点もないし……もっと柴田先輩のことを、知りたいな……。

　ウチの学校では、梅雨に入る前の５月末に体育祭がある。

　ラッキーなことに、柴田先輩を間近で見られるチャンスがやってきた。

『美桜〜っ！　いいニュースだよ』

　サナが、部活が終わる頃に合唱部の練習場所……第１音楽室に入ってきた。

『どうしたの!?』

『さっきね、顧問の先生が言ってたんだけど……体育祭の行進曲を、ウチの部が演奏するんだって！』

『わ〜、そうなんだ！　サナも出るの？』

『ううん、あたしはまだ楽器吹かせてもらってないから〜。それより、行進曲ってトランペットが主役みたいなもんだから、柴田先輩が吹いてるとこが見られるよ！』

　わっ、ホントに!?
『キャーッ、うれしい！』
『でしょ、でしょ？』
　あたしとサナがさわいでいたら、ちょうど話を聞いていた合唱部の３年の先輩が入ってきた。
『ちょっと〜、もしかして柴田くんのこと気に入ってる？』
『そっ、そんなんじゃないですよぉ〜！　もぉ〜、ちがいます』
『そんなこと言って、美桜ちゃん、まっ赤』
　先輩はクスクスと笑っている。
　だけど、そのあとすぐに、こう付けたした。
『けどー、柴田くんってクールだよ？　無口だし……』
　も〜、そこがいいんですよぉ！
　デレッとしそうになったから、言うのをやめた。
『まー、でもたしかにイケメンだよねぇ。美桜ちゃん、がんばってね。ライバル多いから』
　先輩はフフッと笑って、そのまま部活の片付けに行ってしまった。
　ラ……ライバルが多い!?
　そうだよね……あんなにカッコいいんだもん。
『サナ……柴田先輩って、やっぱコクられまくりなのかな？』
　あたしは心配になって、サナに聞いてみた。
『うーん……少なくとも、ブラバンの２年の先輩とかウチらと同じ学年の子で、好きな人はたくさんいるよ？』
『ウソーッ!!　やっぱりそうなんだ!?』

　ショック！
『だけど、とくにコクられたりはしてないんじゃないかなー。ホラ、うまくいかなかったとき、同じ部活内でそんなの気まずいし……』
『そ……そーだよね。フラれたとき、どうしたらいいかわかんないもんね？』
　なぜか女子がフラれる設定。
　そしてあたしも……フラれる？
　いやいやいや、マイナスなことは考えないでおこう。
『体育祭のとき、柴田先輩、活躍（かつやく）するよ～』
　サナがフフッと笑う。
『そうだよね、トランペットの音って目立つし……』
『うん、それもあるけど。柴田先輩って、めちゃくちゃ足速いの。体力あるし、長距離とかも余裕で走れるみたい。最初に部活に入ったときにね、一緒にランニングしてくれたんだよ？　腹筋とかも一緒にやってくれて～』
『えーっ、うらやましい!!』
　そんなことなら、あたしもブラバンに入っておけばよかったよ……。
『話しかけても、ひと言ふた言しか返してくれなかったけどね。ウダウダしゃべってないで、体動かせって、冷たく言われただけ』
　へ～……そんなの、あたしも言われてみたい！
　ポーッとなっていると、サナの口調が少し厳しくなった。
『で、話は戻るんだけど。あれだけカッコよくて、運動もできて……ってなると、体育祭では目立つでしょ？　短距離とか出たら、一気にファンが増えるよ？』
うっわ、ホントだ……それはイヤかも。
胸がチクッと痛む。
『っていっても、行進曲吹くんでしょ？　それだけでもう目立つよね……』
『まあね～。だから美桜も、これからちょっとずつ柴田先輩にアピールしていかないと』
えっ……アピール？
『えーっ、そんなのはずかしいよっ。ムリムリムリ……』
顔が赤くなるのを感じながら、手と首を横に振る。
『ムリとか言うような人が、柴田先輩を見るためだけに、放課後２年の教室を素通りなんて、よくできるよね……』
『それはっ、ホントに素通りだから。柴田先輩とは一度も目が合ったことないし、話しかけたこともないよ？』
『ふーん……ま、早くしないと。柴田先輩に彼女ができてから後悔しても、遅いからね？』
『そっか。サナがそう言うなら、あたし……アピールしてみようかな！』
『うん、やれやれ～！　がんばれ、美桜！』
サナに応援されて、あたしはすっかりその気に。
……体育祭で、思いきって柴田先輩に話しかけてみよう。
柴田先輩の走る姿……カッコいいんだろうなぁー。

そして、あっという間に体育祭当日がやってきた。

体育祭の日は、朝からみんな、なんだか楽しそう。
晴れてよかった！
体操服を着てきたあたしたちは、朝礼のあと、そのままグラウンドに出た。
クラスの列に並び、グラウンドの端で入場行進の合図を待っていると……。
あたしたち１年生が並んでいる横に、来賓(らいひん)席や父兄用の席のためのテントが張ってあって、その前に楽器を持った生徒が次々と並びはじめた。
そして、その中に柴田先輩を発見!!
キャーッ、ジャージ姿も最高っ！
いつものように片手に金色のトランペットを握(にぎ)り、もう片方の手でハンドタオルを持っている。
ブラバンの列は、今あたしがいる真横にあって、初めて至近距離(しきんきょり)で、柴田先輩の姿を見ることができた。
カッコいい！
キャー、キャー、キャー！
声に出したいけど、あまりにも近すぎて、サナにも訴(うった)えることができず、あたしは先輩に釘(くぎ)づけになっていた。
軽く音出しをしていて、柴田先輩のトランペットの音色なのかわからないけど、トランペット独特の、目の覚めるようなハッキリとした尖(とが)った音が聞こえてくる。
音階が聞こえてきて、あたしはその音に合わせて頭の中でハミング。
いいなぁー……柴田先輩のトランペットになりたいっ！

おバカなことを考えている間に、柴田先輩たちはテントの前に整列して座り、最前列にいる柴田先輩だけが、スッと立ちあがった。

……え、なに!?

『ただ今より……大槇(おおまき)市立大槇中学校、第25回体育大会、開会式を開催します』

そんなアナウンスが聞こえてきたかと思うと、トランペットのファンファーレが聞こえてきた。

キャーッ！

なにコレ、なにコレ！

聞いてないんですけどっ!?

柴田先輩、めちゃくちゃカッコいい!!

肘(ひじ)をしっかり上げて、トランペットをまっすぐに掲(かか)げ、ソロでしっかりと曲を吹いている。

今日の青い空を突きぬけていくかのような、澄(す)んだキレイな音色。

柴田先輩って……こんなに力強くて、素晴らしい演奏をするんだね……。

素敵……。

あたしの目はもう、完全にハートになっていたはず。

だって……。

柴田先輩がひと通り曲を吹きおわったあと、「全校生徒、入場！」のアナウンスなんてまったく耳に入ってきていなくて、うしろの人に押されて思いっきり、つまずきそうになったから。

『ひゃあっ！』

あわてて、となりに並んでいたクラスメートの山崎隆(やまざきたかし)にしがみついた。

そしたら、あたしを支えきれなくなった山崎がよろけて、そのままクラスの列になだれこんだ。

キャーッ、大変なことになっちゃった！

入場行進の途中、ウチのクラスだけが、ぐっちゃぐちゃ。

しかも、柴田先輩の前で。

……はずかしすぎる。

ブラバンの演奏が始まりかけていたけど、この騒動(そうどう)でストップした。

唖然(あぜん)とする柴田先輩やブラバンの先輩たちを前に、転んで笑っている人もいれば、文句を言いはじめるクラスメートもいる。

あたしたちがさわぎだすと、先生があわてて飛んできて叱(しか)った。

『お前らーっ、山崎っ!!　なにやってる!?』

『先生〜、中園です、中園！　コイツがオレにぶつかってきて』

あたしが悪いのは百も承知(しょうち)だけど……。

今この場で、それを言っちゃう!?

柴田先輩がいるのに〜っ!!

山崎のヤツ〜っ!!

男なら、あたしをかばおうとか、そういう優しさはないの!?

まぁ……たしかに悪いのはあたし、なんだけどね。
『中園一っ、お前か！　いつも授業中もさわがしいし、こんなときぐらい、おとなしくできないのか!?』
授業中、さわいでいるつもりはないんだけど、先生にはどうもそう映っているみたい。
『すみません……』
あぁ……全校生徒の前……しかも、柴田先輩の前で叱られるなんて。
はずかしい……。
ブラバンの方をチラッと見ると、みんなはあたしをガン見してるけど、柴田先輩だけは、あたしの方を見ずにトランペットに視線を落としていた。
……見られてなくて、よかった。
けど、印象は最悪だ……。
整列し直して行進を始めると、再びブラバンの演奏が始まった。
ファンファーレも素敵だったけど、行進曲もトランペットがメインで、先輩が見えなくなってからも、メロディが耳に入ってくるだけでドキドキする。
あんなカッコ悪いとこ見られちゃったけど、柴田先輩のカッコいいところが見られたから、帳消しってことで！
はぁ……今日のソロ演奏で、確実に柴田先輩のファンが増えたはず。
あたしも、がんばらなくっちゃ！

入場行進のあと校長先生のあいさつがあって、体育祭が始まった。

『美桜～っ、来て来て！　今から柴田先輩が走るよ』

リレーに出るために入場門の方に移動しようとしていると、サナがあたしを呼びにきた。

『えーっ……今から入場門に行かなきゃなんだけど……見たいかも』

あたしはちょっとだけなら……と思い、グラウンドの端から柴田先輩の姿を探す。

『最初に走るみたいだから、見たらすぐに行けばいいよ。キャ～、楽しみっ！』

サナがキャーキャー言うと、周りにいる女の子たちも、なんだかさわぎだした。

『あの先輩って、今朝トランペット吹いてた人だよね!?　たしか、柴田って名前だったよ。あんなカッコいい人がウチの学校にいたんだね～』

開会式で目立ってたからか、柴田先輩の人気が一気に上がった気がする。

やだ……！

柴田先輩は、あたしが先に目をつけてたんだから一っ!!

急にライバルが増えたことで、あたしは内心ドキドキしていた。

こうなったら、早くコクらないと、誰かと付き合っちゃうかもしれない。

柴田先輩と近づくチャンスなんてないし、少しずつ仲よくなるとか……そんなの待ってられない。

あたし……今日、告白する!!

そのうちにピストルの音が聞こえてきて、柴田先輩を含む３年生の男子が、いっせいにスタートを切った。

柴田先輩はスタートダッシュもすごかったけど、他の人が追いつけないくらい速くて、あっという間にゴールしてしまった。

キャーッ、柴田先輩、カッコいいっ!!

『あたし、あのゴールのテープになりたいっ!!』

柴田先輩が１位になったのがうれしくって、思わずそう言うと、となりにいたサナが爆笑している。

『いくらなんでも、テープって……美桜、相当キテるね』

『そのぐらい好き。柴田先輩に早く告白したいよ～』

『えぇっ、もう告白するの!?』

『うん……早くコクらないと、他の子に先越(こ)されそう……』

『だねー……だけど大丈夫だよ。柴田先輩は、コクられてなんとなく付き合うようなタイプじゃなさそうだから』

うっ……そういえば、気難しいって言ってたっけ。

そもそも普段からクールで無表情だし、あたしがコクったところで玉砕(ぎょくさい)？

……だけど、この想いを……早く伝えたい。

柴田先輩との接点なんてないし、あたしって子がいることを、早く知ってもらいたい。

もしかしたら、コクったことから急接近！なんてことも、あるかもしれない。

えへへ〜……。

『美桜〜、顔……ゆるんでるよ』

『アハハ、大丈夫。あたし、決めたの。今日……告白する！』

『そっか……美桜、決心したんだね！』

サナは両手を胸の前で握りしめて、何度もうなずいている。

『うん、がんばる！』

『がんばって！　あたしは応援してるからね！　だけど……玉砕するかもよ？』

『そっ、そんな怖いこと言わないで!?　そりゃ、断られるのは覚悟の上だけど……。とりあえず告白して、あたしのことを覚えてもらって、そこから仲よくなるって展開はないかな』

『うーん……どうかな。柴田先輩って、今回の演奏の練習してたときも、みんなの息がピッタリ合わないときは、やたらピリピリしてるんだよね。とくに今日は……今朝あんなことがあったし、機嫌悪いかも……』

サナは、なんだか不安そうな顔をしている。

『今朝のあんなことって……もしかして、あたしのアレ!?』

『そうだよ、美桜が演奏中断させたからね。柴田先輩ってすっごく完璧主義で、自分のパートは絶対にミスらない分、相手にもすっごく厳しいんだよ。今回の演奏だって、昨日何度も何度も音合わせしてたから……それで、アレでしょ？』

ウッソー!!!!

『あたし、印象最悪じゃない!?』

『それは大丈夫だと思う。柴田先輩……女子の顔覚えるの苦手らしいから』
『……はいっ？』
　不幸中の幸い？
　ううん、覚えてもらえないってこと自体……どうなの!?
『前にね、あたしが柴田先輩にあいさつしたら、「誰？」って聞かれたの。で、また次の日も同じこと言われて……』
『それって、ワザとイヤがらせで言ってたとか？』
『あははっ、ちがうよ～。なんか困ったふうに言ってた。「オレ、１年の女子は、みんな同じ顔に見える。ゴメンな」って』
『そうなんだ……じゃあ、さっきのあたしのことも覚えてないかな』
　それなら、ラッキーなんだけど。
『じゃあ……今日は、やめておこうかな……』
『うん。そんな急がなくってもいーよ。もしコクるなら、演奏の本番前よりは、終わったあとの方がいいんじゃない？』
　終わったあとか……。
　それなら、柴田先輩の気持ちも落ちついてるかもしれないよね。
『そっか……次の演奏っていつなの？』
『夏休みに入ったら、吹奏楽コンクールの予選が始まるの。先輩たちは、今それに向けて毎日猛(もう)練習してるよ』
『そのコンクールって、いつ？』

『全国大会が10月で、予選が何回かあるんだけど……一番最後は８月の終わりかな』

そうなんだ……。

『じゃあ、柴田先輩は10月まで、ずっとピリピリしっぱなし……ってこと？』

『どうかなぁ……けど、全国大会に行ける可能性は大だから、最後の予選の日はわりとスッキリしてるんじゃないかな？』

そっかぁ……。

あたし、決めた！

『予選が終わったら、コクっちゃおうかな』

『うん、それがいいかも。そのあともすぐに練習が始まるから、夏休みが明けると、また忙しくなるしね』

柴田先輩にコクるって決めたら、なんだかワクワクしてきた！

『サナ、ブラバンの連絡網（れんらくもう）持ってるよね？　柴田先輩の家の住所教えて!?　あたし、家まで行って告白する』

『家まで行っちゃう!?』

『あっ、やっぱそれはやりすぎだよね。そしたら、予選の最終日に会場でコクるってのはどうかな？』

『会場で!?』

サナはビックリしたみたいで、目を大きく見開いている。

『夏休み中だし……家に行くこともできないから、それが一番いいかなって。学校が始まると、また練習も再開して忙（いそが）しいだろうし』

『そうだね。うん、がんばって！』

今度は優しい表情になって、あたしを応援してくれるサナ。

その気持ちが、すごく伝わってくる。

『ありがと、サナ』

こうしてあたしは……吹奏楽コンクールのある８月の終わり、予選の最終日の日に告白することに決めた。

それまでに柴田先輩にあたしの存在を知ってほしかったんだけど、話しかけることはできず……。

結局なんのアピールもできないまま３ヶ月がたち、とうとう予選の最終日を迎えた。

当日、あたしはサナからもらったチケットで会場に入り、朝からずっとひとりでコンクールの演奏を聴いていた。

柴田先輩率いるブラバンの演奏は、ホントに素晴らしいもので、あたしは感動で泣きそうになった。

すべての出場校の演奏が終わったあと、コンクールの閉会式で結果が発表された。

そしてウチの学校のブラバンは見事に、全国大会への切符を勝ちとったんだ。

発表のあと、すぐにサナからメールが来た。

【やったー！　金賞とったよ!!　柴田先輩も、本番前はかなりピリピリしてたけど、今はめちゃくちゃいい顔で笑ってる！　今すぐ美桜に、会わせてあげたいよ～！】

そんなメールをサナから受けとったあたしは、「よっしゃー！」と興奮（こうふん）した。

あたし、がんばる！

今日、絶対に告白する！

サナに、

【柴田先輩がひとりになりそうだったら連絡して！】

ってメールをしたんだけど、なかなかそんなタイミングはないみたいで、サナから返事が来ない。

どうしよう……これじゃ、今日もまた言えないの？

今日を逃したら、次に会えるのは夏休み明けの学校になる。

それって……また、タイミングを失うってことだよね。

どうしようかな……。

会場の外で待っていると、サナからメールが来た。

【返事遅くなって、ゴメン！　今からみんなで楽器をバスに積んで、帰るところ。美桜、赤い貸し切りバスが駐車場(ちゅうしゃじょう)に停(と)まってるから、急いで！　早くしないと柴田先輩が帰っちゃう！】

ウソー！

そんなの、困る！

あたしは必死で、会場の裏手にある駐車場まで走った。

先輩、どこ!?

赤いバスを見つけて近くまで駆けよるけど、まだ誰も乗っていないみたい。

そんなとき、バスの周りにブラバンに所属している同級生の姿を見かけた。

きっとこの辺にいるはず……だよね。

キョロキョロしていると、ちょうどバスの反対側に柴田先輩の姿が！

他の先輩と一緒にいるけど……ここはもう、行くしかない。

勇気を出して、コクっちゃおう！

あたしは柴田先輩がいる場所まで近づいて、大きな声で言った。

『柴田先輩！　話があるんです……ちょっといいですか!?』

まっ赤になりそうな顔を押さえ、はずかしさを堪えながら声をかけたあたしを見て、柴田先輩は眉をひそめた。

『は？　誰だよ……』

あぁ、やっぱりあたしの存在になんて気づいてなかったんだね。

体育祭での失態は、覚えられてなくてラッキーだけど、たまにすれちがったり、柴田先輩が放課後にトランペットを練習してるときに、コッソリ見てたのは気づかれてなかったってことだよね。

コレでよかったような、ちょっと残念なような……。

けど、あたしがんばる！

『あのっ……あたし、ずっと柴田先輩に憧れてて……』

あたしが思いきってそう言うと、周りにいた柴田先輩の友達が、「おおーっ!!」と声をあげた。

『柴田、やるな～。私服だからわかんなかったけど……なに、この子ってオレらと同じ学校の子？』

『知らねーよ……』

柴田先輩はうっとうしそうに、あたしをにらんでくる。

う……わ、どうしよう。

　そこまでイヤそうな顔をされると、すごいショックなんだけど……。

　急に不安になってくる。

　あたし……マズいことしちゃった？

　こんなことなら、もっとアピールしてからコクるんだった……。

　とにかく……今日……持ってきた、あたしの連絡先や柴田先輩への想いを書いた手紙を渡して帰ろう。

　そう思ったら、あたしたちのやりとりを見たブラバンの先輩たちが集まってきた。

『えー、なになに？　柴田くんがコクられてるの？　わ〜、かわいい子』

　えっ、かわいい!?

　ホントに!?

　女の先輩のその言葉に、あたしの気が大きくなる。

　あたしはまっ赤な顔を隠すことなく、そのまま柴田先輩に向かって、手紙を握った両手を突きだした。

『あたし……中園っていいます。柴田先輩、今日すっごくすっごくカッコよかったです!!　コレ、受けとってください！　好きです!!』

　あたしがそう言った瞬間、柴田先輩はあたしを見てうっとうしそうな顔を見せ、間髪をいれずにこう言い放った。

『おととい来やがれ』

　……はいっ？

　おととい????

『あ……あの、柴田……先輩？』

一瞬なにを言われたのか意味がわからなくて、唖然としたあたしをよそに、周りにいたブラバンの部員たちは大爆笑！

当の柴田先輩は、あたしが差しだした手紙なんて受けとるはずもなく、あたしを残してさっさとバスに乗りこんでしまった。

ウソ……最悪だ。

『おいっ、中園～！　お前って柴田先輩が好きだったんだ？いや～、ムリだろ！　レベル高すぎ!!』

そばにいた同じ学年の男子がそんなことを叫んでるのが聞こえてくる。

いつものあたしなら、「なんなのよーっ、うっさい!!」って言い返すところだけど、今日ばっかりは……もう、反論する気にもならなかった。

いろんな人に笑われてはずかしいのと、柴田先輩にフラれた絶望感でいっぱいになる。

みんなの笑い声を聞いて、サナがすぐに飛んできてなぐさめてくれたけど、あたしの傷は癒えなかった。

サナと別れてひとりで帰る途中、涙が出てくる。

ううっ……あたし……なんであんな場所でコクろうと思ったんだろう。

自分のバカさ加減にあきれる。

もっと場所を選べばよかった。

同じフラれるにしても、あんな大勢の前で……って、そんなのないよ。

家に帰ってもボーッとして、リビングでテレビを見ていた。
そうだ……お母さんに聞いてみよう。
今日の、柴田先輩が言ってた言葉の意味。
あれって、たしか……。
『ねぇ、お母さん……“おととい来やがれ”ってどういう意味？　おとといってことは、２日前に戻って頭冷やして、出直してこいっていう意味なのかな……』
もしそうなら、少しは希望が持てるかも。
ドキドキしていると、お母さんがクスクスと笑う。
『美桜～、どこでそんなこと聞いたの？　時代劇でも見た？』
『ううん……今日ね、ある人に言われたの』
『もう二度と来るなっていう意味だけど……。不可能なことを言って、人を罵(ののし)るときに使うような言葉よ？　そんなふうにして、美桜をイジメる子がいるの？』
にっ、二度と来るな!?
ウソーッ!!　ショック……。
『イジメられてる方がまだマシなんだけどね……』
『……えっ？』
『ううん……なんでもない……』
あたしはガックリして、自分の部屋に戻った。

そのうちに夏休みが明けて……新学期になった。

夏休み中、何度もサナが家に来てくれたけど、会う元気もなくてあたしはしばらく、ふさぎこんでいた。

……学校に着いたら、もとのあたしに戻ろう。

もう……柴田先輩には、会う元気もないけどね……。

そんなふうに思いながら登校すると、あたしの机の上には……。

『あたしはフラれました』

っていう貼り紙がしてあった。

なっ……なに一っ!?

『ちょっと一っ!?　誰よっ、こんなの書いたの!!』

あたしは声を張りあげて、教室の中を見回した。

『へへーっ、オレ。中園って、柴田先輩にコクったんだってなー。やるじゃん!!』

『あっ……アンタはっ!!』

あたしの目の前でニヤニヤしているのは、あたしの天敵(てんてき)である山崎。

コイツとは、体育祭のときもモメたっけ……。

『なんでアンタが知ってんのよ！』

『ブラバンのヤツに聞いた。お前、こっぴどくフラれたらしーな。なに、「おととい来やがれ」って言われたって？ウケる～っ！』

さっ……最悪だ……。

『えー、なになに。オレらにも教えて』

クラスの男子がおもしろ半分に集まってくる。

サナはあたしの横でなりゆきを見守りながら、困った顔をしていた。
『中園がさー、ブラバンの先輩にコクったんだぜ！　そうしたら、「おととい来やがれ」って言われてフラれてな？残念だよな〜、おとといなら成功したんだよ』
　山崎がおもしろそうに笑っている。
　それに合わせて、他の男子も調子に乗る。
『そうなんだ〜、出遅れたんだ〜……。中園、お前……見た目は悪くないぞ？　その性格がなーっ』
『なっ、なんなの？　言いたいことがあるならハッキリ言いなさいよ』
　あたしが反論すると、あたしに言ってきた男子は、苦笑いしている。
『いやいや……いいよ』
　それからというもの……。
　あたしは、“おととい女”っていうあだ名をつけられて、中学の３年間をずっとその異名で過ごすことになったんだ。
　それまではわりと、思ったことはすぐに言う明るいキャラだったんだけど、３年間からかわれ続けたあたしはいつの間にか、大したことには動じない、クールな女になっていた。
　……だって、そうしなきゃ、やってられなかったんだもん。

第2章

ツンデレなあたしと
チャラい先輩

あたしの知らない顔

「柴田先輩か～、いいなぁ。もう昔のことは忘れてさ、『好き～！』って、柴田先輩の胸に飛びこんじゃえば？」

……ハッ！

中学のときのことを思い出していたあたしは、サナの言葉で我(われ)に返った。

さっき、サナに引っぱられるままに学食を出たあたしは、教室に戻ってきている。

「サナ……適当なこと言わないでよ。あたしがどれだけイヤな思いしてきたかわかってる!?　なにかあるごとに『おととい来てくださーい』って言われるんだよ？　ホントにもう懲(こ)り懲(ご)りなんだから」

クラスで宿題を集めれば、宿題をやっていない子に、

『おととい取りにきてくれたら出したのにな～。来るのおせーんだよ！』

って言われ。

柴田先輩に懲りたあと、ちょっといいなって思ってたクラスの男子を映画に誘ったときも、

『おとといなら空いてるよ～』

なんて言われて……。

なんだかトラウマみたいになってしまった。

今思うと、なんて浅(あさ)はかで、思いつきだけの行動だったんだろう……。

だけどあのときは、早く告白しないとって、そればっかりだった。

もし他の誰かと柴田先輩が付き合うことになったらどうしよう、早くあたしのこの気持ちを伝えなきゃ……‼って焦ってたんだよね……。

早く言ったって、柴田先輩となんの関係も築けてなかったのに……。

ただ、自分の気持ちを伝えることしか考えてなくて、柴田先輩に受けいれてもらえるにはどうしたらいいかとか、そんなこと考えもしなかった。

響くものがなにもないからこそ……柴田先輩は、あたしをフッたんだ。

あの頃のことを思い出すだけで、あたしの胸はズーンと重くなる。

……それにしても、フリ方ってものがあると思うんだよね。

あんなに大勢の人がいる前で、アッサリとあたしをフッた柴田先輩。

あのあと、あたしがどんな目に遭ったかなんて、知らないんだろうけど。

……まぁ、それはさておき。

もう、恋愛なんて懲り懲り。

人を好きになっても、ロクなことがない気がしてしまう。

しかも、あたしをそうさせた張本人と付き合うだなんて、言語道断!!!!

冗談じゃないよ。

“かわいさ余(あま)って憎(にく)さ100倍”って言うでしょ？
まさにそうなんだよ。
“大好き”が、“大嫌い”に変わったの。
柴田先輩となんて……あたしは絶対、付き合わないからーっ!!!!
「いいなぁ……柴田先輩にコクられるなんて！」
「サナ、まだ言う？」
「アハハ、ゴメン。なんであんなにカッコいいんだろーね。中学のときの硬派な柴田先輩より、あたしは今の方が好きだな〜」
「へー……」
まあね……相変わらずキレイな顔をしているのは、認めるよ？
しかも、さっき目の前で見た柴田先輩は、中学のときよりさらに磨(みが)きがかかっていた。
黒髪のときより、金髪の方が似合ってる……なんて、ちょっとだけ思ったのは事実。
「見かけ倒しでしょ？　あんなヤンキー……」
「も〜。ホント美桜は口が悪いんだから。かわいいのに、台無しだよ？」
「あたしはかわいくなんてありません!!　性格もかわいくないの、自分でわかってるから」
「フフッ。美桜は自分で自分をわかってないよね〜。高校に入ってから、何人かに告白されたクセに！」
そう……。

今までみんなから散々コケにされ続けたあたしに、告白してくる人がいるの。

なんでだろう？

「あれはあたしをからかってるんだよ。どうせ、おととい女ですから〜」

「ん〜。だけど、同じ中学の子って、この高校にはほとんどいないでしょ？　誰もあのこと知らないよ」

たしかに今通ってる高校には、あたしとサナ、柴田先輩の他には、中学が同じだった人は、ほとんどいないんだよね……。

でも……。

「どーでもいいよ。あたしは、誰かと付き合う気なんて、当分ないから」

「もったいないっ！」

「全然？　付き合う方が、時間のムダ」

「相変わらず、冷めてるねー……」

誰のせいでこうなったのか。

そうだよ……全部柴田先輩のせいなんだから一っ!!!!

今までずっと忘れてたけど、あたし、柴田先輩が嫌いだ。

もう、話しかけてこないでほしい。

午後の授業がすべて終わって、あたしはサナと一緒に教室を出た。

「美桜〜、今日映画でも見て帰ろーよ」

「うん、いいね〜」

なんて会話をしながら、サナと歩いていたら……。

「……おい、そこのアマ」

……はい？

尼（あま）？　海女（あま）？　甘（あま）？

頭の中がハテナになったまま振り返ると……あたしたちのうしろに柴田先輩がいた。

しかも、あたしを軽くにらんでいる。

普通の子なら、ここでふるえあがるところだけど、あたしは全然怖くない。

この人のコレは、全部ハッタリなんだから……。

外見は、すっかりヤンキーになっちゃった柴田先輩だけど、中学のときはマジメで通ってたし、中身までそんなに簡単に変わらないよね。

にらまれても、なんてことないんだから！

「行こう、サナ」

サナを引っぱっていこうとすると、グッと腕をつかまれた。

「キャッ!!!!　なにするんですか!?」

「それはこっちのセリフだ。お前、犬の散歩がどうとか言ってたよな？　オレの誘い断ったクセに、映画に行くってどーいうことだよ」

そっ……そうだった。

あたし、犬の散歩があるって言ったんだっけ。

コテツの散歩は、早く帰れたらあたしがすることになってるんだけど……その日によって弟がしたり、お母さんがしたり……実は適当なんだ。

だけど……今それは、言えない。

「あっ、あたし、やっぱり用事思い出したっ！　美桜、先に帰ってるね」

「え!?」

サナはあたしを置いて、ダッシュで帰っていった。

この、裏切り者〜〜〜〜っ!!!!

「さ〜、一緒に帰ろうか？」

ひっ……!!　なにするのっ!?

柴田先輩はさりげなく、あたしに腕を絡めてくる。

この人、なんかひとりで笑ってますけど!?

「やめてくださいっ」

あたしは柴田先輩の腕を振り払い、思いっきりにらみつけた。

「……冷てーな。いいじゃん、腕組むぐらい」

唇を軽く突きだして、すねるような顔つき。

……なんなんですか、そのギャップ。

柴田先輩を好きな女子からしたら、キューンとなるところなんだろうけど、あたしにはサッパリ効かないんだから！

「非常識、無神経、ただの女好き……どれですか？」

「……はい？」

あたしの問いに対し、柴田先輩はポカンとしている。

でも、引くかと思えば、マジメに答えだした。

「無神経……かも。いや、女好き……か？　いや、それを言ったらおしまいだよな？　ハハハ」

女好きなんだ？

……サイテー。

あれだけ硬派と言われていた柴田先輩は、今やただのチャラ男（お）に成りさがったんだ？

だとしたら、ますますあたしの嫌いなタイプ。

「嫌がってる相手にこんなことするって……頭おかしいんじゃないですか？」

「……言うねぇ〜。なに、それ狙って言ってる？」

狙うって、どうしたらそういう解釈（かいしゃく）になるワケ!?

「あのー……人の話、ちゃんと聞いてます？」

「ん〜、聞いてる」

柴田先輩はあたしがツンケンした態度を取っているのに、ニコニコ笑ってとなりを歩いている。

……なんなんですか、この人……。

こんなの……あたしが知ってる柴田先輩じゃないよ。

チラッと横目で柴田先輩を見る。

……あの頃と比べて、ホントに変わっちゃったなぁ。

あたしの好きだった柴田先輩は、こう……凛（りん）とした感じで、クールなイメージだったのに。

今、目の前にいる柴田先輩は……鼻歌なんて歌いながら歩くような、のん気な人になっちゃってる。

柴田先輩の方を気にしていたら、目が合った。

「じろじろ見んなって。なに、オレってそんなにいい男？」

……頭痛（いた）い。

自分で言ってますけど、この人。

　曲がり角に来たところで、

「あたし、こっちなんで。サヨナラ……」

　って言って帰ろうとすると、柴田先輩が周りこんできて、あたしの前に立ちふさがった。

「無視すんなって。オレ、お前になんかした？」

　なんかした？って、過去に大打撃食らわされましたけどー!!

　って言いたい気持ちを、なんとかこらえる。

「今、ここにいるだけで、十分迷惑なんですけど」

　シレッとした顔でそう言ったら、柴田先輩は絶句。

　……ヤバい。

　もしかして……怒らせちゃった？

　「テメー、コノヤロ!!」とか、殴りかかってきたらどうしよう。

　平静を装いつつも、一瞬身がまえていたら…。

「じゃあ、その迷惑ついでに家まで送ってってやる」

　……はい？　なんでそうなるのっ!?

「あたしの話聞いてました？　迷惑だって言ってるんです！　金輪際、あたしに関わらないでくださいっ!!」

　頭に血がのぼり、思わず叫んでしまった。

　そんなあたしを見て、柴田先輩は……。

「ま、いーじゃん？」

　って。……話になんないよ。

「なにが『ま、いーじゃん？』なんですか!?　あたしは全然よくないんですけど！」

「そんな怒んなって。だけどお前って、怒った顔もかわいいな」

柴田先輩は、あたしの頭に軽く手を置いて、なでなでしてくる。

キャーッ！　やめて!!

条件反射で、思わず顔が赤くなるのがわかった。

イヤなのに……イヤなのに、なんで赤くなってるのよ、あたし!!!!

しかもそんなあたしの反応を、柴田先輩は見逃さなかった。

「照れてやんの〜。かわいいな」

ドキッ!!

柴田先輩は、あたしが今まで見たこともないような極上（ごくじょう）の笑顔で笑いかけてくる。

中学のときは、柴田先輩が笑うところなんてほとんど見たことがなかった。

そんなふうに笑うんだ……って思って、一瞬ポーッとなる。

……いやいや、そうじゃな〜いっ!!

「かっ、かわいくないですからっ!!」

「大丈夫、オレが保証（ほしょう）する」

早歩きで逃げるのに、柴田先輩はあたしのあとを追いかけてくる。

や〜め〜て〜!!

これ以上一緒にいたら、クールで通ってるあたしのキャラが崩壊（ほうかい）しそう。

このまま逃げてもムダだと思い、立ち止まって柴田先輩の方に向き直る。
　すると、柴田先輩は“おっ”という表情になり、口もとに少し笑みを浮かべた。
　なにカンちがいしてるんだろう。
　あたしは今から断るんだからっ!!
「柴田先輩っ!!」
「なに？」
　思いっきりにらんでいるのに、なんだかうれしそうなんだけど。
「柴田先輩には、たくさん彼女候補がいますよね？　なんで、あたしなんですか!?」
「なんでかって？」
「学年だってちがうし、顔を合わせたこともほとんどなければ、話したこともないですよね!?」
　ホントはあるけど、柴田先輩はあのときのアレがあたしだって、きっと覚えてないはずだから。
「ないけど～……そんなの、重要？」
「……え？」
「たまに、見かけてたから。話したいな、もっと近づきたいな……って思う気持ちが、一気に頂点に達した。早くコクんないと誰かのモンになりそーで、いてもたってもいられなくなった」
　ドキッ……。
　柴田先輩はあたしを見て、やんわり笑っている。
　なに……言ってるの？

そういうあたしの気持ちを、柴田先輩はバッサリ斬ったんだよ？

あたしが素直になれば、柴田先輩のこの笑顔は、今すぐにあたしのモノになるかもしれない。

だけど……。

あのときあたしがどれだけ傷ついたかなんて、柴田先輩は知らないクセに……。

そう思ったら、胸が苦しくなってきた。

「朝、見かけるだけで胸ん中がこう……キューッとしてな？　どんなふうにオレに笑いかけてくれんのかな、とか考えただけで、１日幸せな気持ちになってた」

……同じ。

あの頃のあたしと同じだ……。

そう思うのに……。

「……キモいんですけど」

柴田先輩に、心にもないことを言ってしまった。

……うれしい。

ホントは、うれしい。

だけど、素直に喜べない自分がいる。

口から出たのは、心とは反対の言葉。

今のチャラい感じの柴田先輩なら、簡単に流してくれるって、そう……思ってた。

でも……。

「……だよな」

柴田先輩の顔からフッと笑みが消え、ポケットに手を突っこんだまま、うつむいてしまった……。

……ズキン、ズキン。

あたしの胸が、今度はちがうシグナルを発する。

あたしがしたかったのは、こんなこと？

……柴田先輩にされたことを、同じようにして、仕返ししたかったの？

ちがう……。

誰だって告白するときは不安だけど、わずかな可能性に望みをかけて……もしダメだったとしても、相手には優しい言葉をかけられたいはず……。

あのときのあたしは、まさにそうだった。

コクったからって柴田先輩と付き合えるワケじゃないって、心の中ではわかってたけど……。

それでも、柴田先輩と少しでも仲よくなれたら……って願わずにはいられなかった。

だから……あんなふうに断られて、ホントにショックだったんだ。

「ゴメンなさい……あたし、ちょっと言いすぎたかも……」

先輩に謝ろうと思って顔をのぞきこむと、柴田先輩はニッと笑っていた。

「いや～、久々にグッときたな」

……はい？

「……どういう意味ですか？」

「この学校で、オレに“キモい”とか言うヤツ、お前ぐらいだわ」

「あの〜、柴田先輩？」
「“ヘンタイ〜！”は言われっけどな？　いや、それは認める。でも、キモいはちがうから」
……どうちがうの!?
って、ヘンタイってどういうこと……？
「いや、マジでかわいーな。も〜、絶対手に入れるから」
柴田先輩はあたしを見て余裕の笑み。
「手に入れるとか、勝手に言わないでください！　あたしは柴田先輩のモノになんて、なりませんからーっ!!」
「言っとけ、言っとけ。そのうち、お前の方からオレに寄ってくると思うけどな？」
「なっ……そんなワケないしっ」
「土曜、デートしよっか。どこ行きたい？」
……全然、人の話聞いてないんだけど……。
「デート、しません!!」
「オレ、映画見たい」
「見ません！」
「ちょうど土曜から公開のヤツあんだろ。アレ、見たいんだけどな〜」
「……まさか、恋愛モノ!?」
今、女子の間で話題の映画が今週から始まるの。
あたしも見たいって思ってたから、つい反応してしまった……。
だけど……先輩そんなの興味あるのかな？
「そ〜、それ。行っとく？」

柴田先輩は無邪気な笑顔をあたしに見せながら、軽く小首を傾げる。

そんな仕草に、あたしの胸のドキドキは止まらない。

「じ……時間が……あったら」

「そっか。じゃ、いい返事期待してる」

その返事はいつしたらいいですか？なんて、考えてるあたしは、もう柴田先輩のペースにハマっていて……。

気づけば、自分の家に着いていた。

「お前の家、ここ？」

「……はい」

「へぇ〜……」

柴田先輩はなにか言いたげに、あたしの家をじろじろと眺めている。

ハッ。

表札を見て、あたしが“中園”ってわかったら……。

もし、中学のときにコクったのがあたしだって気づいて、柴田先輩のこの笑顔が消えてしまったら……。

つきまとわれてイヤだって思ってるクセに、“また柴田先輩に嫌われたくない”っていう思いが、あたしの中にフッと湧いてきた。

あたしは思わず、背中で表札を隠す。

「あのっ、今日はありがとうございました。さっさと帰ってください」

「お前、ありがとうとか言いながら、その言い方……」

柴田先輩は肩を揺らしてクックと笑っている。

……しまった、さっさと帰れだなんて、あたしってホントに口が悪い。

だけど柴田先輩は、微動だにしない。

「家入るまで、ここにいてやるよ」

「いえ、そんな気遣いは結構です」

だってあたしは、このまま表札を隠さないといけないから。

「気遣いじゃねーの。オレがお前のこと、ずっと見てたいから」

なっ……なんなの、柴田先輩!!

顔が赤くなるっ。

見られたくなくて、思わず顔をそむけた。

そしたら柴田先輩が、あたしの方に歩みよってくる。

「わかった。ホントはオレと離れたくない……？」

そっ……そうじゃないっ!!

柴田先輩はあたしの前に立ち、壁に手をついて顔を近づけてきた。

ひゃあっ……！

目の前に、柴田先輩の顔が……!!!!

「や……やめて、ください」

「まだなにも、してないんだけど？」

柴田先輩はあたしの前で、フッと微笑む。

至近距離で見るその笑顔に……あたしの理性が崩壊しそうになる。

サナが言ってたみたいに、このまま抱きつくのも、アリなのかな……。

……あたし、もしかしたら……まだ好きなのかもしれない。
……柴田先輩のこと。
だって、先輩がここにいるって思うだけで……うれしくて泣きそうになる。
「……緊張(きんちょう)するんで……もう少し、離れてください……」
やっとのことでそう言うと、柴田先輩はあたしから離れてくれた。
そして、ニヤッと笑う。
「いきなりキスすると思った？」
「きっ……キス!?　だっ、誰もそんなこと、言ってないじゃないですかっ!!!!」
ほんのり熱かった顔が、一気にのぼせあがった。
「いや～、冗談でせまったんだけど、マジでしそーになった」
柴田先輩は笑いをこらえきれずに、クスクスと笑っている。
なっ……冗談であんなことできるんだ!?
しかも、あたしの反応見てからかってただけ？
「もうっ、からかわないでくださいよ」
「だってなー。なんでもなさそーなフリして……すぐ、顔に出んのな。そーいう女だと思ってなかったから、つい……」
何事にも動じないクールな女になったはずなのに、柴田先輩の前だとすぐに顔に出ちゃう。
「あんなからかい方されたら、当然です!!」
柴田先輩の顔がめちゃくちゃ近くて、はずかしくて、どうにかなりそうだったんだから！

　あたしは、いっぱいいっぱいだったのに、あんなことを冗談でできるなんて、信じられない……。
「クールも好きだけど、そう見えないのに実は……ってのは、もっと好き」
　って言って、柴田先輩はあたしの頭をなでなで。
「ちょっ、それ！　やめてください。あたしにさわるの、禁止!!!!」
　ホントはなでられたらうれしいけど、ニヤけそうになるから……絶対に、ダメッ！
「禁止って言われてもなぁ……。オレ、すぐさわっちゃうんだけど」
「自制してください!!　じゃなきゃ、あたし、柴田先輩としゃべりませんからっ」
「……ハハッ、そーなんだ？　じゃ、なるべくさわんないよーにする」
　柴田先輩はフフッと笑って、そんなことを言う。
　さわんないよーにって……それが普通ですから!!
　今の柴田先輩って、いったいどーいう人なの!?
　考えれば考えるほど、柴田先輩がわからなくなっていくよ……。
「オレにさっさと帰ってほしいよな？」
「はい、そーですね」
「明日朝一で迎えにきたら、かなりイヤ？」
「はい、そーですね」
「で、映画。行く？」

「はい……そー……」
　しまった、つい……。
　渋(しぶ)い顔をしているあたしとは対照的に、柴田先輩の笑顔はこぼれそうなほど、まぶしい。
「やった。じゃ、約束な」
　柴田先輩はそう言って、あたしに小指を突き立ててきた。
「……なんですか？」
「指切り」
　なっ、なにを……。
「そんなこと言って……!!　それを口実に、手握ったりするんじゃないんですか!?」
「そんなセコいマネしね～っつの。やるなら堂々とやるし？　ホラ、早く手ぇ出せって」
　堂々とって!!
　それも困るんだけど。
　戸惑っていると、柴田先輩は強引にあたしの小指に指を絡めてきた。
「約束。守れよ？　破(やぶ)ったら…指落とす」
　最高の笑顔でそんなこと言われた日には……。
　あたしはどう反応していいのかわからず、その場で硬直(こうちょく)していた。

マジメに恋してます

　次の日の朝、柴田先輩が家の前で待ってるんじゃないかと思って探したけど、さすがにそれはなかった。
　ホッとするような、少しさびしいような微妙な気持ちをかかえたまま、学校へと向かう。
　すると。
　学校の門の前にヤンキー座りしているグループを発見。
　その中に……柴田先輩もいた。
　見逃すことができないほどの、明るい金髪。
　イヤでも目に飛びこんでくる。
　素知らぬ顔をして通りすぎようとしたら、呼び止められた。
「おー、待ってたぜ」
　待ってた……って、ここで？
　ずっとあたしを待ってくれてたんだ!?
　若干（じゃっかん）うれしく思いつつも、態度には表したくない。
　ここで笑顔になったら、柴田先輩が調子に乗るのが目に見えてるからね。
「な、なんなんですか!?　朝から見たくない顔……」
　心とは裏腹に、そんな言葉を口走るあたし。
「うわ～、言ってくれんね。でも、許す。他のヤツだったらぶっ殺すけど」
　ニコニコ笑顔でそんなこと言われても、全然うれしくないし……。

っていうか、ぶっ殺すって、柴田先輩が!?

見た目だけじゃなくて、中身も相当なヤンキーになっちゃったんだね……。

「今日のデート、どーする？」

あれっ？

映画って土曜日だよね。

あたし、今日デートするなんて約束したんだっけ？

急に言われて、ワケがわからなくなってくる。

「今日……って、どこに行くつもりなんですか？」

「んー、決めてねぇけど……。オレの家とか」

しっ、しっ、柴田先輩の家!?

あ……ありえない……。

「なんつってー。なんで赤くなってんの？」

柴田先輩はあたしの反応を見て、ニヤニヤしている。

「あぁっ、赤くなんてなってないですし！　それに、初めて一緒に出かけるのに、いきなり家とか……そんな非常識なこと言う人なんだって思ったら腹が立って……」

ホントは腹なんて立ててないけど、言い訳。

じゃないと、赤くなった理由を、さらにツッコまれそうだったから。

「非常識か？　そーか……。じゃ、何回目なら家に来る？」

「そんなの……わかんないです!!」

「つーか、そんな何回もデートしてくれるんだ？　よかった～、１回で終わりとか、悲しすぎるし」

柴田先輩は目を細めてククッと笑いながら、そんなことを言ってくる。

　し……しまった。

　いつもつい、柴田先輩のペースに乗せられちゃうんだよね……。

「っていうか、映画見にいく約束しかしてないですよね!?」

「ハハッ、思い出した？　忘れてるかと思った」

「ちゃんと覚えてますよ……」

「なら、いーけどな。土曜日、学校休みだし、迎えにいくな」

　柴田先輩はニコニコ笑ってあたしのとなりを歩いている。

　ウチの学校は、土曜は隔週で授業があるんだけど、たまたま今週は休み。

　いいのか、悪いのか……。

　柴田先輩と歩いていると、すごく注目を浴びる。

　みんながじろじろとあたしたちの方を振り返っては、不思議そうにしている。

　それもそのはず。

　あたしみたいなマジメなタイプと歩くのって、珍しいもんね……。

　それに、今までは柴田先輩と女の人が歩いてるときって、だいたい女の人の方がベタベタしてたから。

　あたしは柴田先輩にツンツンした態度を取ってるし、はたから見れば、あたしが柴田先輩に絡まれてるように見えているのかもしれない……。

　案の定……。

「おい、柴田！　１年生に絡むなよ？　まさかとは思うが、カツアゲか？」

ホラね。

柴田先輩と校舎内に入って靴箱に向かっていたら、ちょうどすれちがった体育の男の先生が、冗談っぽく話しかけてきた。

「カツアゲとかひどいっすね〜。んなワケないじゃん。口説いてんだよ」

柴田先輩は先生に、そんなことをサラッと言ってのける。

くっ……口説く!?

柴田先輩からそんな言葉を直接聞いただけで、頭がクラクラしそう……。

「中園、ホントか？」

せっ、先生!!

あたしの名字、バラさないでよっ!!!!

あたしが焦って柴田先輩を見ると、ハッとした表情になっている。

ヤバい……。

あたしのこと、もしかして……思い出したのかな……。

「お前……中園っつーんだ？」

もう……しょうがないよね。

この際、ホントのこと言って、スッキリしよう……。

「そう……です。なんか文句ありますか……？」

あたしは開き直って、強気に言ってみた。

こんなときでさえ、素直になれないあたし。

今のあたしの顔……引きつっているかもしれない。

文句あるかって言われて、柴田先輩は、なんて答えるの……？

「いや〜、イメージにピッタリだよな。中園美桜…頭ん中にまで花が咲いてそ〜な、いい名前だよな」

……はい？

「それってバカにする表現なんですけど……」

「え、マジで？　ほめたつもりだけど？」

真顔の柴田先輩。

ウケ狙いで言ってるのか本気なのか、イマイチつかめない……。

「柴田先輩……もしかして、バカですか？」

あたしも真顔で返したら、吹きだされた。

「オレにバカとか言うの、お前ぐらいだぜ？　昨日といい、今日といい、ホントバッサリ斬ってくれるね〜」

「じゃあもっと斬ってあげましょうか？　あたし、バカな男は大っ嫌いなんです」

調子に乗ってそう言ったら、柴田先輩の顔から笑みが消えた。

ヤバ……。

さすがに今のは、マズかった……？

「お前ら、そのぐらいにしとけ？　だいたい、なんで柴田は中園にちょっかい出してる？」

横から先生が割って入ってくる。

あっ！

柴田先輩との会話に夢中になってて、先生がいることをすっかり忘れてた！

そしたらすかさず、柴田先輩がこう言った。

「なんで……って、気に入ったからに決まってんだろ」

「気に入った……なぁ。柴田の遊びに中園を巻きこむなよ？　中園は、お前みたいにチャラチャラしてないんだからな」

「遊び？　オレはいつも真剣だけど？」

そーなんだ。

軽く付き合ってるように見えてた彼女たちとも、真剣に付き合ってきたんだ……。

そう思うと、うらやましいような、なんだかくやしいようなヘンな気持ちになってくる。

「……どーする、中園。オレはあんまりオススメしないけどなぁ」

先生は苦笑いしながら、あたしと柴田先輩を見比べている。

柴田先輩は相変わらずマジメな顔をしていて……さっきのことで少し罪悪感もあるし、今度はバッサリ斬らないでおこうって思った。

「あたし……柴田先輩のこと、なにも知らないんです。いきなり付き合えって言われても、正直困ります。柴田先輩だって……突然コクられたら、困らないですか……？」

柴田先輩は、だから中学のとき、あたしをフッたんだよね？

あたしのことをもっと理解してもらえてたら、あのとき付き合ってくれたのかな。

今の柴田先輩って、あたしのことは全然覚えてないみたいだけど、中学のときのあたしと同じことしてるよ？

「いや、タイプだったら付き合うけど」

「……は!?」

そこはそうじゃないでしょっ!!

ってことは、中学のときのあたしがただ単にタイプじゃなかった……ただ、それだけのこと!?

ショック！

あの頃みたいにツインテールにしてないだけで、見た目は今とそこまでちがわないと思うんだけど……。

中学のときのあたしはダメで、今のあたしならいいっていう、その理由がよくわかんない。

結局柴田先輩って、ただ適当なだけじゃないの!?

そう思ったら、なんだかムカムカしてきた。

「付き合ってみねーとわかんないこともあるし？　まずは見た目から……」

「サイテーですね」

「そーか？」

「そーです。あたしを、その他大勢に交ぜないでください。どうせ、付き合ってすぐポイ捨てされるんですよね？　冗談じゃない」

あたしが言いきると、先生は、

「中園、よく言った！　オレも同感だ!!」

って言って、横で爆笑している。

柴田先輩の女グセの悪さは学校でも有名だし、中学のときに比べて、今はホントに別人と言っても言いすぎじゃないから。

もし付き合ったとしても……すぐに他の女の人のところに行っちゃうのは、目に見えている。

あたし……また、傷つきたくないよ。

「……反省します。お前には、そんなことしない」

ウソ。

絶対ウソ。

あたしはいつか、柴田先輩に捨てられるんだ。

また……あのときみたいに、柴田先輩によって、地の底に落とされるに決まってる……。

「そんなの、信じられない……。先生、失礼します」

あたしは先生だけに一礼すると、さっさと１年の教室に入った。

お願いだからもう、あたしに関わらないでください。

期待を大きく持っていると、失望したときのショックが大きいから。

このままずっと一緒にいたら、あたしだってブレーキが効かなくなるかもしれない。

あたしの言葉で、柴田先輩がうれしそうな顔をしたり、いい反応をしてくれるのを見るだけで……ドキドキしてるんだよ。

柴田先輩はそんなこと、少しも気づいてないんだろうけど……。

第3章
ドキドキのあたしと余裕な先輩

初デート

「美桜〜！　さっき門のとこで柴田先輩とイチャついてなかった？　みんなでこっから見てたんだよ」
　教室に入るなり、サナが走って近づいてきた。
「イチャついてないし！　みんな、目悪いんじゃない？」
　シレッと言って、席に着く。
　柴田先輩とあたしの距離は結構近かったし、遠目だとそんなふうに見えたんだ？
　目もあんまり合わせなかったし、もっと感じ悪い接し方をしてたつもりだったんだけどな……。
「美桜、さっき柴田先輩となに話してたの？　結局付き合うことにしたの？」
　クラスの女子も集まってきて、みんなからの質問攻めが続く。
「付き合ってないし！　柴田先輩もなんであたしなんだろ。他に仲いい人、いっぱいいるのに……」
「さぁ〜。っていうか、嫌がる理由ないじゃん。なんでイヤなの？」
　友達のひとりがそういうのを聞いて、みんなうなずいている。
　そ……それは。
　サナをチラリと見ると、あたしを見て苦笑している。
　あたしが柴田先輩にこっぴどくフラれた過去を、ここにいる友達は誰も知らないんだよね。
「……怖いの」
「怖い？　目つき悪いときはあるけど、笑ったらすごくかわいいよね。あのギャップにドキッとしちゃう！」
　誰かがそう言ったのに合わせて、みんながキャーキャーさわぎだす。
　そ……そりゃ、あたしだって、もとはといえば柴田先輩の容姿（ようし）に惹（ひ）かれた女ですから？
　みんなの言いたいことは、よくわかる。
　中学のときクールで通してたあの柴田先輩が、今では信じられないくらい、よく笑う。
　その笑顔に、たまーにキュンとしたよ？
　だけどね……。
　あたしが怖いのは、顔つきとか、そんなんじゃない。
　柴田先輩の……気持ちが変化するのが怖いんだ。
　あたしだって気づいてないにしても、あのときも今も、柴田先輩とあたしはほとんど会話してないワケで。
　もしこんな状態で付き合っても、すぐにまた別れがくる気がする。
　あたしのことをなにも知らないのに、簡単にフッたり付き合おうって言ったりするんだもん。
　今までの彼女とも真剣だったっていうけど、きっと、簡単に心変わりするような人なんだよね……。
　だから、また……フラれるのが、怖い。
　本音はそれかもしれない。

今気がついた。
「まぁ、怖いっていうんじゃ、しかたないか～。怒らせたら、マジで怖いらしーし。あたしたちは、学校でのいいとこしか見てないもんね～」
気がつけば、いつの間にかちがう話題になっていて……。
友達もそのうち自分たちの席に戻っていった。
「美桜、柴田先輩が怖いの？　だから嫌がってるんだ……」
サナが心配そうに聞いてくる。
「怖いって……そうじゃないよ。あたし…もう、傷つきたくない。柴田先輩と一緒にいると、怖くなるんだ。また好きになって、あんなふうにフラれたら……って」
あんなツラい思いをするのは、もうイヤだよ。
「……そっかー。中学のとき、手がつけらんないほどヘコんでたもんね。ま、あれは山崎のからかい方もひどかったけど……」
「うん……」
「じゃあ、柴田先輩に条件つけてみたら？」
サナが急にそんなことを言いだした。
「条件って？」
「フる権利を与えないの。それを条件に、付き合う」
「え!?　なに言ってるの？　そんなの……」
「柴田先輩、狙った獲物(えもの)は手に入れるまで引きさがらないって有名だから。美桜が断っても、多分ずっとちょっかい出してくるよ？」
狙った獲物は逃がさないって……。

あたし、いつから柴田先輩の獲物になったんだか。
「うーん……」
あんまり気乗りしないなぁ。
「あ、ホラまた来た」
えっ!?
サナが指す方を見ると、ホントに柴田先輩が、ろう下からウチの教室をのぞいていた。
うわ……ホントだ。
さっきあんな言い方したのに、全然懲りてないってことだよね……。
「おい、ちょっとこっち来いよ」
しかもあたしを見て、手招きしてる。
「なにしに来たんですか!?」
「なにって、お前に用事があるからだろ。早く来いよ」
「い……行きません」
なんの用だか知らないけど、きっとロクなことじゃないに決まってる。
……無視しよう。
無視していたら、ツカツカと教室の中へと入ってくるのが、横目に見えた。
「ちょっ……1年の教室に勝手に入ってこないでください！」
「うるせーな。お前が呼んでも来ないからだろ？」
「うるせーってなんなんですか!?　ホント失礼……」
「あっ……悪い。つい、いつものクセで。あのさ、さっきオレのこと信じられないって言ってたよな」

柴田先輩は、あたしの前に立ち、真剣な眼差しを向けてきた。

「だったら、なんなんですか？」

「どうしたら……お前に信じてもらえるようになる？」

……え。

「……オレがマジだって、どうしたら信じてもらえる？」

そんな……真剣な顔、しないでよ。

胸が、ズキズキする。

柴田先輩の真剣な顔を見ると、３年前の、中学の頃のことを思い出す。

そういうまっすぐな瞳で、前を向いて……体育祭の入場行進のファンファーレを吹いていたよね。

ブラバンには他にも３年生のトランペットの人がいたけど、ソロを吹いたのは柴田先輩だけ。

柴田先輩は……今みたいに、いつもヘラッと笑っているより、そういう真剣な表情をしている方が、ずっといい。

「……じゃあ……あたしの前で笑わないで」

「……え？」

「誰にでもしてるみたいに、あたしに笑顔を振りまかないでもらえますか？　……そしたら、付き合う話、考えてもいいです」

……あたし、どれだけ上から目線なんだろ。

こんな生意気な言い方してたら、さすがの柴田先輩も怒っちゃうよね。

　だけど、それならもう、それでいい。
　他の女の子と同じ接し方じゃ、イヤなの。
「笑うな……ってか？　それ、どーなワケ。そんなんで、気持ち伝わる？」
「……いいんじゃないですか？　少なくとも……今みたいに、ヘラヘラしてるよりは……」
　今のままじゃ真剣さが伝わってこないのは、事実。
「……そーか、わかった。じゃ、お前の前では笑わないよーにする」
　柴田先輩の返答に、周りがさわぎだす。
「すげー！　美桜があの柴田先輩に、条件突きつけたぜ!?」
「やるな、中園!!」
　目の前に、真剣な表情をした柴田先輩がいる。
　昨日はウケるって思ったけど、やっぱりこの人は、こういう顔が合ってるよね。
　それに、いつも笑ってない方が、たまに笑顔を見せたときに効果的……。
「じゃあ、改めて言うけど……。オレと、付き合ってくれるよな」
　ドキッ……。
「それは……わかんないです」
「マジかよ。……ま、いーわ。とりあえず、土曜日だよな。楽しみにしてる」
「……はい」
　あたしも……楽しみ。

まさか柴田先輩とデートできる日が来るなんて、夢にも思わなかったよ……。

そして、とうとう土曜日がやってきた。

柴田先輩とデートだって思ったら、なんだかよく眠れなかった。

うれしくて、楽しみで……。

さて、今日は……どんなふうに柴田先輩は、やって来るんだろ。

笑わないって言った日から、柴田先輩はホントにあたしの前で笑わなくなった。

だけど、ヘラヘラ笑顔が板についてしまったのか、ことあるごとに笑みがこぼれそうになっては、グッとこらえている。

そんな姿を見るたび、あたしの方が笑いそうになる。

あの柴田先輩をあたしがコントロールしてると思うだけで、なんだか優越感。

この条件にして……よかった。

――ピンポーン♪

待ち合わせした時刻ちょうどに、家のチャイムが鳴った。

柴田先輩だ！

はやる気持ちをおさえ、あたしは平静を装って玄関のドアを開けた。

「よっ。迎えにきた」

目の前には、私服姿の柴田先輩。

　学校ではかなり制服を着崩してて、態度もデカいしヤンキーだし、どんなオラオラ系ファッションで来るんだろうって思ってたのに。
　あたしの前に現れた柴田先輩は……。
　淡いブルーのシャツに、ロールアップした紺のパンツ、スニーカーっていう、かなりさわやかでラフなスタイル。
　こんなに普通の格好をしてるのに、ここまでカッコいい柴田先輩って、すごすぎる!!
　ヤバいよ……。
　めちゃくちゃカッコいい……。
「…………」
　あたしが無言になっていると、柴田先輩が眉をひそめた。
「おい……やっぱ、こんなんじゃダメか？　いつも着てるような、ヤンキーファッションで絶対に行くなってダチに言われてな？　昨日あわてて買いにいった」
　あたしのために……？
　それって、めちゃくちゃうれしいかも……。
「……わざわざですか？」
「まあな……やっぱ着替えてこようか」
　柴田先輩がクルッと反対の方向を向いたから、あたしはあわてて引き止めた。
「さわやかで、いいと思います！　……あたし、まだ準備できてないんで……中で少し待っててもらえます？」
「さわやか？　そっか、そっか」
　柴田先輩は納得した様子で靴を脱いで、あたしに続いて家に上がってきた。
「……着替え、手伝おーか？」
「はいっ!?」
「ウソだっつの。早くしろよな。待っててやるから」
　そう言って、柴田先輩はニヤリと笑う。
「あっ！　今、笑った!!」
「え、マジ？　今のは無意識だわ。大目に見ろよ」
「ダメです。罰として、デコピ～ン!!」
「うおっ！　マジかよ……」
　コレが、最近恒例（こうれい）の先輩へのおしおき。
　柴田先輩が笑ったら、あたしがデコピンするの。
「優しくしろよ？」
　なんて言いながら、柴田先輩はハニカみながら前髪を上げ、あたしにオデコを突きだしてくる。
　……こんな顔、学校で見ることなんてない。
　あたしだけにしか、見せない顔。
　この瞬間だけは、柴田先輩があたしのモノなんだって、実感できる。
　すぐに準備をして、ふたりで家を出た。
「すぐ映画見にいきます？」
「そーだな……で、どこでやってんの？」
　柴田先輩のひと言に、ちょっとテンションが下がる。
　……そうだよね。
　デートだからって、柴田先輩が張りきってるとは限らないワケで。

あたしなんて楽しみすぎて、どこの劇場でやってるのか全部チェックしたんだ。

上映時間もちゃんと調べておいてよかった……。

「それはですね……。10時50分からショッピングモールの中の映画館でやってるんで、今から急いで行くか、ちょっと余裕をもって駅の近くの映画館の、11時40分のを見るか……」

あたしがサラリと言うと、柴田先輩は爆笑している。

「えっ……なんですか？」

「すげー。全部覚えてんだ？　さすが頭いーよな」

「頭いいとか、そういう問題じゃないと思いますけど？」

気合いの問題だって！って先輩に言いたくなるけど、あたしが張りきってるってバレるのは、イヤ。

「オレとしては〜、14時のショッピングモールの映画館がいーかな。時間あるから、それまでどっかで昼飯食う？」

えっ？

柴田先輩、ちゃんと下調べしてきてるし……。

もしかしてさっきのは、あたしを試したの!?

そう思ったら、顔がカーッと熱くなってきた。

「美桜ちゃん、いい子だね〜。オレから誘ったし、全部オレ任せかと思ったけど、ちがうんだ？　一応楽しもーとしてくれてる？」

柴田先輩はあたしの顔をのぞきこんで、ニヤニヤ……。

「ちょっ！　笑わないでって言いましたよね!?」

照れ隠しに柴田先輩の腕をたたくと、それでも笑っている先輩。

「ずっと笑わないとか、オレにはムリ……」

「じゃあ、帰ります……」

「ウソウソ、わかった！　笑わねーから……」

柴田先輩はがんばって笑顔を真顔に戻そうとして、結局ニヤけ顔になってる。

ホント言うと、柴田先輩が笑っていてもスルーしてることはよくある。

だってね、ずっと笑わずにいるって……難しい。

この条件自体、かなりムリなお願いだよね。

柴田先輩もあたしがスルーしているのに気づいてるからこそ、こういう反応なんだけど。

「で、先に昼飯食う？　それとも、美桜ちゃんプラン？」

「柴田先輩に……お任せします」

ドキドキ。

柴田先輩プランがいい。

先輩はいつも、どういうデートをするのかな……。

デートなんてしたことないから、映画だけ見てそのまま帰るのかと思ってた。

「へー。オレに任せてくれんの？　だったら映画やめて、オレんちに……」

――バキッ!!

「ぐぇっ」

冗談で柴田先輩の顎(あご)に手を突きだしたら、本気で拳(こぶし)が入ってしまった。

「うわっ、やりすぎた!!　ごめんなさいっ！」
「意外と凶暴だよな……」
　柴田先輩は苦笑いしながら、顎をさすっている。
「それはですね～、弟がいるんで、向かってくるから自分の身を守ってるうちにいつの間にか、すぐ手が出るようになって～」
　焦って言い訳すると、柴田先輩はキョトンとしている。
「へぇ。ケンカとかすんだな。もっと上品かと思ってた」
「普通にしますよ？」
　……柴田先輩は、上品な子が好きなのかな。
　そういえばあたし、中学のときは上品なんて言われたことなかった。
　今はクールで落ちついてるから、そんなふうに言われることもあるけど……。
「そっか。ちょっと親近感湧いた」
「……え」
「もっとお高くとまってる女なのかなって思ったけど……そーいうのも悪くないな」
　柴田先輩はあたしの方を見て、ニッと笑う。
　ドキッ……。
　胸がドキドキする。
　だけど……。
「また笑った！　今度は……もっと強力なデコピンやります!!」
　照れ隠しにそう言うと、柴田先輩はあたしに肩を寄せてくる。
「あ～もぉ、やっぱその条件やめよーぜ。笑わないとか、ムリだし……。っつーか、美桜ちゃんの前にいると、自然と笑みがこぼれんだよ。ずっとニヤけそーになんのガマンしてんだけど」
ぶわっ……!!
そんなこと言われたら……うれしいんですけど!!!!
あぁ……ダメだ。
あたしのキャラ、崩壊しそう……。
「柴田せんぱーいっ！　好きぃ～～～っ」
って、このまま抱きつけたらどんなに幸せか……。
「美桜、手つなごーか」
ドキッ!!!!
柴田先輩があたしのこと、呼び捨てにしたっ。
しかも、しかも……！
今、手つなごうとかって……言ったよね!?
「つながない、つながない、つなぎませんっ！」
目がグルグル回りそうなくらい、首を横に振る。
「そこまで拒否(きょひ)るか？　……そんなにオレのこと嫌いなんだなー」
嫌いとまでは言ってないけど。
「そんなこと……」
「あ、じゃーもう好きんなってくれた？」
「そんなすぐに好きなんて……」
ホントは好き……かもだけど、素直になれない自分がいる。

柴田先輩……チャラすぎるんだもん。

きっとこんなの、いろんな女の人に言ってるはず。

「オレはすぐに好きって思ったけどなー。学食とかで、たまに見かけてさ、歩くと髪が風にふわぁ〜っとなびいてな？　おぉっ、シャンプーのＣＭみて〜って、興奮した」

「……なんですか、それ。意味わかんないんですけど」

それって、あたしを好きになった理由なワケ？

ただ、なんとなくの雰囲気で好きって思っただけなんじゃー……。

「なんか、凛としてて……近づきがたいけど、だけどもっと……お前のこと、知りたいって思った。オレなんか、美桜と全然ちがうし、フラれる覚悟で近づいたけどな？」

フラれる覚悟で……？

柴田先輩が……？

「へぇ……。じゃあどうして、あんなオレ様発言するんですか？　あんな一方的な……」

「強がんねーと、自分に負けそうだったから」

「自分……に？」

「……今も、ホントは緊張でどーにかなりそー。……見ろって、手……ふるえてるし」

え……？

柴田先輩の手を見ると、指がかすかにふるえていた。

ホント……に？

柴田先輩……見た目はヤンキーになっちゃったけど……そんな繊細（せんさい）な部分がまだあったなんて……。

「ふるえ……止めたいから、手ぇつないでほしい……」
　柴田先輩の指があたしに触れる。
　ドキッ……。
　拒(こば)みたいのに、拒めない。
　あたしの怖気(おじけ)づいた気持ちと、柴田先輩の、今の緊張感が……なんだかリンクした気がした。
　柴田先輩の指が、そっとあたしに絡まる。
　うわっ……いきなり恋人つなぎっ!?
　でも……全然、イヤじゃない……。
　むしろ……う……うれしいかも。
　だけどそれを表に出すのは、はずかしい。
　柴田先輩の大きくてゴツゴツした手にすっぽり包まれている、あたしの手。
　ギューッと握られて、ジワジワと温もりが伝わってくる。
「……手ぇ、小さいな」
「柴田先輩の手は……大きいですね」
「ふるえ……止まったみてぇ」
「……そうみたいですね」
　柴田先輩の手はさっきみたいにふるえたりしてなくて、しっかりとあたしの手を握っている。
「さ〜て、笑うなっつー条件、撤回(てっかい)してもらおーか」
「……えっ？」
　柴田先輩はニヤリと笑うと、あたしの手をさらにキツく握りしめる。
「だいたいなー、オレに条件突きつけるとか、何様だっつの」
「な……なにそれ!?」
「一筋縄じゃいかねー美桜ちゃんには、こーいう方法しかムリだと思って？　条件撤回しねーと、手握りつぶすから」
　柴田先輩は握った手に軽く力をこめる。
　ひっ……!!
「痛っ、やっ……やめてくださいっ」
「じゃー、条件撤回してもらおーか」
「イヤですっ!!」
「なんでイヤなんだよ……くだらねー意地張んなって」
「意地張ってるワケじゃないです！」
「ふーん……」
　柴田先輩は握った手を軽くゆるめたから、離してくれたかと思ったら、もう片方の手を添えてあたしの両手をはさんだ。
「握りつぶすとか、尋常じゃねーから……方法変えよーか」
「なにするっ……キャーッ！　やめっ……やめてーっ!!」
　柴田先輩はあたしの手を引っぱって、唇に近づけていく。
「お前が撤回するまで、手にキスし続けていい？」
「キスって……！　キャーッ!!　ムリッ！　ムリーッ!!　撤回しますっ、撤回するからーっ!!」
　しかも普通のキスじゃなくて、口を開けてくるから、食べられそーだったんだけどっ!!
「おーし、いい子だ」
　柴田先輩は満足そうな表情で、あたしの手をやっと離してくれた。

　いい子って……いい子って……。

　あたし、完全にからかわれてない……!?

「ハァッ……。柴田……先輩……ヘンタイッ!!」

「だから言ったろ。オレ、ヘンタイだって」

「開き直るなーっ!!!!」

「ハハッ、とりあえず条件撤回で、笑顔解禁」

　柴田先輩はニカッと笑うと、あたしに向き直った。

　さっきまで手がふるえてたのが、ウソみたい……。

　っていうか、あれ演技じゃないよねっ!?

　疑いの目で柴田先輩を見るけど、かなりうれしそうに笑っている顔を見たら、もうそんなこと……どうでもよくなってきた。

「じゃー、改めてよろしく。今日、絶対楽しかったって……思ってもらえるよーに、がんばるから」

　がんばるとか……。

　そんなことを柴田先輩に言われるとは思わなくて、ドキドキしてくる。

　柴田先輩は……あたしの横にいるだけで、存在感たっぷりで。

　一緒にいるだけで、ホントは……楽しいよ。

「今、ちょっとうれしそーだったよな」

「……ぜっ、全然!?」

　だけど、素直になれない。

「全然かよ～……ま、今日まだまだ時間あるし、ちょっとでもオレのこと、いいって思ってもらえたらうれしーな」

そう……。

今日は、まだまだこれから。

柴田先輩の、どんな一面を見られるんだろう。

口では柴田先輩に生意気なことを言っておきながら……あたしは……ドキドキが止まらなかった。

先輩のとなり

　映画館に到着する前に、カフェで食事をすることに。
　カフェかぁ～。
　……向かい合わせに座るのかな。
　当然、そうだよね。
　今さらながら、緊張しちゃう。
「先輩……あたし、あっちの方がいいです」
　そう言って、近くに見えた移動（いどう）パン屋を指さす。
　小さな車が屋台みたいになっていて、菓子パンやケーキを売ってるみたい。
　あれなら、かしこまった感じじゃないし、その辺で食べればいいもんね。
　だって、やっぱり先輩とカフェで食事なんて落ちつかないし……。
「マジで？」
「はい……」
　あたしは小さなパン屋さんに近づいていって、好きなパンをふたつ買った。
　先輩もあたしに続いて、パンを買っている。
　あたしがその辺のベンチに腰を下ろすと、先輩は飲み物を買いにいってしまった。
「……はぁっ。一緒に食事って楽しいかと思ったけど、全然だなぁ。どんどん緊張してきちゃう……」

あたしはその場でうなだれて、ため息をついた。

映画見て……そのあとはどうするのかな。

きっと、まっすぐ帰るよね。

映画見るときはもちろん無言だし、そのあとすぐにサヨナラ～ってするとしたら、今日のデートって柴田先輩にとっては全然楽しくないはず。

あたしも気のきいた話とかできないしなぁ。

柴田先輩はあたしのこと、いいって言ってくれてるけど、今日で飽きられるかもしれない。

……まぁ、それならそうで、あたしも気が楽。

でも……ちょっとさびしい気もする……。

なんだか矛盾してるんだけど。

ぼんやりとそんなことを考えていると、柴田先輩が走って戻ってきた。

「美桜～！　なに飲みたい？　聞くの忘れた」

先輩っ！

またあたしの名前、呼び捨てにしてる。

「べつになんでもいーです。適当に買ってきてください」

美桜って呼ばれたことではずかしいのもあって、照れ笑いしそうになる顔を必死に隠しながら、いつもどおりそっけなく言ってみる。

「なんでもが一番困るんだけど。でも多分そう言うと思って、適当に買ってきた」

柴田先輩はニヤニヤしながら、うしろに隠していたペットボトルをあたしに差しだした。

ビタミンジュースと、乳酸菌飲料。

……ホントに適当なんだけど。

っていうか、どっちも甘いやつだし。

しかも微妙なチョイス……。

お茶とか、普通の炭酸飲料とか、先輩の選択肢にはなかったの？

「……気に入らなかったら、もう１回行ってくるけど？」

「いっ……いいです。コレ、ください」

柴田先輩がせっかく買ってきてくれたんだもん。

あたしは乳酸菌飲料の方を手に取り、先輩にお礼を言った。

「お金は……」

「いいって」

「そんなのダメです。ちゃんと、払いますから……」

「いいっつってんだろ？」

「でも……」

「だったら、今度学校でなんかオレにおごって」

今度、学校で？

さりげなく、次の約束ができたような気持ちになって、ちょっとだけドキドキ。

「そう……ですね」

「来週、一緒に昼飯食お一か？」

予定入れるの、早っ！

柴田先輩と今日このままフェードアウト……とか考えていたから、誘ってもらえたことがうれしくて、テンションが上がる。

だけどそれを素直に表現するのは照れるから、あたしはいつものようにつれない返事をした。
「それは、ないんで」
「冷たいね～……美桜ちゃんと一緒に弁当食ったら楽しいだろーな」
先輩はニコニコしながらパンをほおばっている。
こんなあたしと一緒にいて楽しいって……。
そーなんだ!?　うれしい！
だったら……あたしも少しは素直になってみようかな。
「じゃあ……今度、お弁当持って……どこかに遊びにいきますか？」
「……げほっ!!」
先輩は見事にパンを喉(のど)につまらせて、急いでジュースを喉に流しこんでいる。
「大丈夫ですか……？」
「……美……美桜がいきなり意外なこと言うからだろ……。あ～、ビビッた……」
なにもそこまで驚かなくても。
やっぱりあたしが素直になるなんて、ヘンなのかな。
「……冗談に決まってるじゃないですか。なに、本気にしてるんですか？」
せっかく素直になれたのに、あたしはまた、そんなかわいくないことを言ってしまう。
「冗談かよっ!!　マジにとったっつーの」
先輩は苦笑いすると、一気にパンを食べきってしまった。

あたしはその横で、ゆっくりとパンをほおばる。

あたしが食べるのが遅かったからなのか、先輩はあたしのとなりでウトウトしはじめた。

……寝ちゃうんだ？

デート中なのに……。

あたしは自分で冷めた態度を取っておきながら、柴田先輩が昼寝してることに対して、ちょっとだけさびしくなってくる。

映画見だしたら話せないし、今のうちなのにな……。

あたしのとなりで眠る柴田先輩は、腕組みをして、頭をたまに上下させている。

次第(しだい)に体がゆらゆらと左右に揺れはじめて、今にもあたしの肩にもたれかかってきそう。

……もたれても、いーよ。

そう思っていると、柴田先輩の頭がグラリとあたしの方へ傾いた。

ドキッ……。

先輩の無防備(むぼうび)な寝顔があたしの真横にあって、肩すれすれに柴田先輩の髪がかすかに触れる。

うわぁっ……。

緊張で、息が止まりそう……。

柴田先輩って……目を閉じてたら、全然雰囲気がちがう。

普段は目が合ったらこっちが雰囲気にのまれちゃいそうな勢いだけど、今はおだやかで……すごく優しそうに見える。

……ううん、柴田先輩は優しいよね。

あたしがどれだけ冷たくしても……全然態度も変えないし、逆ギレしたりしないもん。

じっと柴田先輩を見ていると、柴田先輩の口もとがだんだん、ゆるんでくる。

……ん？

次第に、ニヤニヤと……。

「あ～、ヤベェ。美桜ちゃん、そんな見つめないでくれる？」

「キャーッ！　サギ!!　寝てないじゃないですかっ！」

あたしは柴田先輩を思いっきり突き飛ばし、ベンチから立ちあがった。

すると柴田先輩も、苦笑いしながら立ちあがる。

「さ～、いい思いしたし、そろそろ映画見にいくか」

優しい……とか、前言撤回！

この人は、ただのエロ男ですからっ!!

優しいフリして、いかにあたしに触れようとしてるのか、今よくわかった。

「もうっ、絶対にだまされません」

「だますってなんだよ、オレ、なんもしてねーけど？」

「したクセにっ！　寝たフリなんて……ズルい。油断したじゃないですか」

「もっと寝たフリしとけばよかったな～。ついでに膝(ひざ)マクラ……とか」

――ドカッ！

「絶対に、しませーん!!!!」

「つーか、美桜ちゃん、意外に思いきったことするよな……。

このオレに膝ゲリとか、いい度胸じゃん」
「それ相応(そうおう)のことを、柴田先輩がしてきたからですっ！」
「ほ〜。肩に頭ちょこんと乗せるのが、膝ゲリ……と。だったら、キスとか、それ以上のことしたら……オレ、殺される？」
　そう言って柴田先輩はゲラゲラ笑ってる。
「あっ……ありえないし!!　なんであたしが柴田先輩とそんなことっ」
「オレのキス気持ち〜のに。試してみ……げほっ!!」
　近づいてきた柴田先輩に、あたしは握り拳をぶつけた。
　さっきは軽く膝で太ももを蹴(け)っただけだったけど、今度はお腹に本気でパンチ！
「冗談でもそんなこと言わないでくださいっ！　汚(けが)らわしいっ」
「汚らわしい……って。おもしろい表現だよな……。いや、そりゃオレは汚れてるけどな？」
「そんなこと知りませんっ」
　あぁ……なんだろう、この感じ。
　さっきまでホッコリした気分だったのに、下ネタトークになったとたん、柴田先輩が汚(きたな)いモノのように見えてくる。
　あたしが潔癖(けっぺき)なのか。
　それとも柴田先輩の言い方が、ただエロいだけなのか……。
　あたしだって素直になってみようと思ったのに……。
　なんだか一気に現実に引き戻された感じ。
「美桜ちゃ〜ん」

映画館に向かいながら、柴田先輩はあたしのご機嫌(きげん)を取ってくる。
「…………」
「もうあんな下ネタは言いません。反省した」
そうは言うけど、やたらニヤニヤしてるし。
絶対に、また言う……。
静かに終わるかと思ってたデートは、なんだかいつの間にか、はちゃめちゃに。
そうだよね。
柴田先輩と一緒にいて、平穏(へいおん)な１日で終わるワケがないんだった。
そうこうしてるうちに、映画館に到着。
あたしたちはドリンクを買うために、売店の列に並ぶ。
かなり混んでいて、レジまでは時間がかかりそうだ。
「恋愛映画か〜。久々だな〜」
柴田先輩のその言葉に、あたしの耳がピクリと動く。
「……ってことは、前も誰かと見たんですねぇ」
「そりゃそーだろ。今まで何人と付き合ったと思う？」
誇(ほこ)らしげに言われても……。
ちょっとだけ胸がチクンと痛んだ。
「あ、嫉妬(しっと)した？」
うれしそうな柴田先輩を見てあたしは必死で訂正(ていせい)する。
「そんなワケ、ないじゃないですか。柴田先輩が誰と映画見ようが、何人と付き合おうが……」
「だよなぁ〜。オレ……映画見るのホント久々。しかも苦手だしな……。でも、好きな女と無条件でずっととなりに座ってられんじゃん？　だから今日は、昨日からすっげー楽しみだった」

なにそれ……。

この映画見たいって言ってたクセに。

あたしのとなりに座る、口実だったっていう……の？

ヤバい……なんか、めちゃくちゃうれしくなってきた。

柴田先輩、かわいいとこある……。

でも、そこはあたし。

そんなの素直に口に出すワケがない。

「柴田先輩、前にも好きな人と一緒に映画に行ったんですね。そんな素敵な彼女をどうしてフッたんですか？」

あたしがそう言うと、柴田先輩は黙ってしまった。

ホラ、言い訳できない。

女をとっかえひっかえとか、ホント冗談じゃないんだけど。

きっとあたしも、その駒のひとつにされるワケだよね。

そんなの……ゴメンだ。

「……オレがフッたんじゃない」

……え？

「またそんな冗談言って」

「冗談じゃねぇよ。……オレはずっと付き合ってたいと思ってたけど、全然だったな。あの頃は女とうまく話せなかったし、デートっつってもほとんど１日無言で。そんなオレといて楽しいワケねーし、次の日アッサリフラれた」

今までヘラヘラしていた柴田先輩は、少しうつむいて苦笑いをしていた。

　……柴田先輩が……フラれた……？

　しかも、あの頃……って？

「それって……いつの話ですか？」

「んー、かなり前。中学んときの話だしな……」

「中学……」

　先輩……もしかして、彼女がいたの？

　あたしはいないって聞いてたんだけど……。

　胸がドキドキしてくる。

　あたしがフラれたとき、もしかしたら、柴田先輩には彼女がいて。

　まさか、同じ部活だったり……？

　だから、あんな言い方したとか？

「それって……ブラバンに彼女が……いた……んですか？」

　あたしの問いかけに、柴田先輩がハッとして顔を上げる。

「……なんでお前、そのこと知ってんの？」

　しまった！

　あたし、無意識のうちに柴田先輩の部活のこと、口に出してた。

「いえ……あ……あの。ウワサで……聞いて」

「……そっか。オレがブラバン入ってたの知ってんのって、中学んとき同じ学校だったヤツだけだと思ってた。まさか美桜が知ってたなんて……」

　……うわ。

　柴田先輩は、あたしが同じ中学だとは思ってないんだね。

じゃあやっぱり、あの日にコクったのがあたしだなんて、これっぽっちも思っていないんだ……。

「偶然……聞いて」

ウソ。

あたし、知ってる。

柴田先輩はどんなに緊張するような舞台でも、堂々としてカッコよくトランペットを吹いていたこと。

「カッコ悪……」

……え？

「このオレが、部活に必死だったとか……マジカッコ悪い。聞いたことあるだろーけど、ウチの中学のブラバンってホント修行僧並みっつーか……。部活命！みたいなヤツらばっかだったし」

なんだかバツの悪そうな顔をして、柴田先輩はあたしから目をそらす。

そして、視線を足もとへ落とした。

「そんとき好きだった女って、同じパートにいたんだけどな。そのデートのあと……いっさい話してくれなくなった。だから部活には、全然いい思い出がねーな……」

そんな……そんなふうに言わないでほしい。

全然、カッコ悪いとか思わないよ。

ブラバンでの柴田先輩はすっごくカッコよかったし、柴田先輩の、体育祭での演奏は……ホントに、素晴らしかった。

あの姿を見て……あたしは、柴田先輩にホレ直したんだよ？

「……って、オレのそんな話聞いてもおもしろくねぇよな。話題変えよーか」

柴田先輩はいつものように、何事もなかったようにヘラッと笑っている。

「もっと……話してほしい」

「……へ？」

「その……彼女とは、いつ、うまくいかなくなっちゃったんですか？」

「いつ……？　いつだっけ……。あぁ、思い出した。3年の夏休み。全国大会の予選があったから、全然休みもらえなかったんだけど、最初の1週間だけもらえて……。やっとデートしたら……このザマ」

そんな……。

あたしがコクった日の少し前に、そんなことがあったんだ……。

もしかして、フラれてイライラしてた柴田先輩に、あたしはコクりにいった……ってこと？

最悪のタイミングで、告白しちゃったのかも！

「あたし……友達に聞いたんです。柴田先輩、毎日一番早く来て、一番遅くまで練習してたって。……一生懸命っていいことですよね」

人一倍努力して、ソロパートも完璧に吹いていた柴田先輩。

あたしは……そういう柴田先輩の姿を見て、ますます好きになったんだ。

「そーだなぁ。中学んときは、あれしかなかったからな……。

毎日部活一色で、だけど同じパートに好きな女がいて……。すげー楽しかったのに、映画見にいった日を境に、どん底に突き落とされたな」
「他の……人と付き合うとか、そーいうのは考えなかったんですか？」
　ドキドキしてくる。
　あたしのこと……少しでも覚えててくれてるのかな。
　柴田先輩にとって、あたしはどういう印象だったんだろう。
　聞きたいけど、勇気が出ない。
　でも確かめたいな……。
　せめて……悪い印象を与えていませんように……。
「他……。そーだな。前は今みたいに切り替え早くなかったし、ハイ次！っつーワケにはいかなかった」
「その間に……コクられたりとか……」
「え？」
　柴田先輩は顔を上げて、あたしをじっと見つめてくる。
　ドキッ!!
　気づかれた!?
　ちっ、ちがうよね。
　どうか、そうであってほしい！
　頭の中でそう念じながら、あたしはあわてて場をつなぐ言葉を探した。
「柴田先輩、モテてたって聞いたし……告白なんかもされたんじゃないかなーって……」
　緊張でどうにかなりそう。

あたしは動揺を必死で隠しながら、とりあえずそう言った。
「告白……そーいや、されたかな」
「へ……へぇ」
顔では平静を装っているけど、内心あたしの心臓はバックバク！
今度こそ気づかれたかも!?
「でも、結構されたし、あんま覚えてねーな……」
えっ！　結構されてたんだ!?
そっか、そうだよね。
柴田先輩って、今ほどじゃないにしても、人気あったもんね。
そっか……。
コクったのって、あたしだけじゃなかったんだ。
だったらあたしのことなんて……もう覚えてない……よね。
「……あ。そーいえば」
柴田先輩は、目線をいったん上にあげて、またあたしを見る。
「いたなー、ひとり。すげぇイラッとくるヤツ」
……え。
「イラッ……と、です……か」
「そうそう。あれはたしか……」
「たしか……？」
「予選の最終日に、わざわざコクってきた女がいた」
頭をガツンと殴られたような感覚に襲われる。

　それって……。
　それって……。あたしだしーっ!!!!
「なにカンちがいしてんだって、イラついたな～。ずっとピリピリしながらあの日を迎えてんのにさ、やっとホッとしたと思ったら、帰りのバスに乗る頃にコクってくんだぜ？　お前の晴れ舞台かっつの」
　あたしの……晴れ舞台!?
　そんな……全然そんなつもりなかったよ？
　夏休みが明けたら、また忙しくなると思ったから……だからあの日にしたのに。
「あー、今思い出しても胸くそ悪(わり)ぃーな」
　ショック……。
　柴田先輩は……やっぱりあのときのあたしのことを、心底うっとうしく思ってたんだ。
　じゃなきゃ、あんな場面で『おととい来やがれ』なんて言い方……しないよね。
「美桜ちゃん？　どした、元気なくね？　悪口言ったけど、ホントのオレはもっと心優しいから。ソイツが空気読めない女だっただけで」
　空気読めない女……。
　そういう風に思われてたんだね……。
　ううっ……。
　柴田先輩と再会して、好きだって言われても、なんだか信じることができなかった。
　それは……心のどこかで、こうなることを予想していたから。

あのときのあたしがダメなら……今のあたしだって、いいワケないんだ。

このまま付き合わなくてよかった。

じゃなきゃ、あたしは……柴田先輩に2度もフラれるところだった……。

「……ます」

「……へっ？」

「あたし……帰ります……っ」

「お、おい。ちょっと待てよっ」

先輩が引き止めるのも聞かず、あたしは腕を振り払って駆けだした。

最悪だ……。

こんなことなら……一緒になんて、出かけるんじゃなかった……。

柴田先輩が嫌いだとか言いつつ、デートの誘いに応じたあたし。

こうなることを予想しつつも、実は甘い期待も胸の中にあった。

中学のときにコクったのが、あたしだってわかって……ちょっとだけ、感動的な再会になるんじゃないかって。

“実はオレたち両想いじゃん？”的な流れを、想像したりしたの。

だけど……現実は甘くなかった。

あたしは、柴田先輩の記憶（きおく）の中で、最低最悪の位置にいたんだ。

　もう……あんな思いをするのはイヤ。

　柴田先輩は部活にいい思い出がないって言うけど、あたしも中学のときのことは、イヤな思い出でしかないんだ。

　そのことを……今、一気に思い出してしまった。

第4章

泣き虫のあたしと優しい先輩

ごめんね、美桜ちゃん

家に帰って、ベッドに突っぷして泣いた。
みんなに笑われた中学時代。
気にしないようにしていたら、ただ愛想のないクールな女になっていた。
だけど……ホントのあたしは。
そのことを思い出しただけで泣き続けてしまうような、ただ弱いだけの泣き虫。
「うぅっ……ひっく……ひっく」
泣きすぎて嗚咽(おえつ)が止まらない。
「クゥ〜ン……」
飼い犬のコテツが寄ってきて、あたしの顔をペロペロなめる。
「コテツ〜……あたし、もぉやだ。なんでこんなにバカなんだろ。あたしがバカにされたのって、柴田先輩が原因なのに、のこのこデートについていったりして……」
「ワンッ」
「うん……そーだね。柴田先輩のせいじゃないよね……。あたしが、あんな日に告白したのがいけなかったんだ……」
空気の読めない女……か。
柴田先輩のためにって思って選んだ日は、一番告白しちゃいけない日だったんだね。
全然わからなかった……。

　こんなことなら、告白なんかしなきゃよかった。
　あの日から、何度そう思ったかわからない。
　あたしはいつも、後悔(こうかい)との戦い。
　何度後悔したって、してしまったことは、なかったことにはできないのに……。

　次の月曜日……。
「おはよー……うわっ、美桜っ！　どーしたの、その顔」
「あぁ……ちょっとね」
　学校について教室に入るなり、サナに驚かれたのも当たり前で。
　土日に泣きすぎたせいでまぶたは腫(は)れあがり、目は充血(じゅうけつ)。
　今朝もまだ腫れが引いていない。
　起きて鏡を見て、自分でも化け物かと思ったぐらい。
「すごい顔でしょー。えへっ」
「ギャーッ、目が笑ってない!!」
　笑ってみせたけど、まぶたが重くて全然ダメ。
　学校も休めばよかったんだけど、柴田先輩に家まで来られてもイヤだし。
　土曜日にあのまま帰ったから、きっと気にしてるよね……。
　思ったとおり、朝一で柴田先輩はウチの教室までやってきた。
「おわっ!!　どーした、その顔」
「ちょっと……いろいろありまして」
「いろいろって……まさか、オレのせいか？　なんか気に障った？」

　はい。

　でもそんなことは、もうどうでもいい。

「全然平気です。そんなんじゃないんで」

　いつものようにシレッと答える。

「そんなんじゃない……って。土曜も映画見ないで突然帰ったし、ずっと心配で昨日も今日も、一睡もできなかった」

「……のわりには、元気そうですよね？」

「おー。３日ぐらい徹夜続きでも大丈夫だぜ？　こないだ仲間で、１週間徹夜の耐久レースやったんだけどさ。みんな途中で白目剥きはじめて、白目見せ大会みたいになってな？」

　なんの自慢なんだか……話がどんどんそれてってるし。

「そんな話、どーでもいいです」

「そっ……そうだよな。ハハッ、元気なさそうだから、笑ってもらおうと思ったんだけど……こんな話おもしろくねぇよな」

　その話がどうでもいいっていうより、柴田先輩とはもう話したくない。

　中学のときのことを思い出すのもイヤだし、柴田先輩の記憶の中に、空気の読めない最悪女だって刻まれてることも思い出したくない。

「土曜はすみませんでした……。やっぱりわかりました。あたしと柴田先輩は合わないんで。さようなら」

「……はいっ？」

「だから、さようなら」
「いや……さようなら～とか言われても」
　柴田先輩は苦笑いしながら、バツが悪そうにあたりを見回している。
「サナ、次の授業の宿題の答え合わせしよ」
「う……うん」
　そう言うと、サナは柴田先輩に気を遣いながらも、ノートを開いてあたしの前にやってくる。
　そんな姿を見て、さすがの柴田先輩も、黙って教室を出ていった。
「……いいの一？　美桜……。柴田先輩、帰ってったよ？」
「いいんだよ……もう。もともと合わないふたりだったんだから」
「そうかなー。最近の美桜は、柴田先輩とお似合いだったけどな……」
　サナは残念そうにそう言うと、ため息なんかついている。
「あたし……嫌われてた」
「……え？」
「柴田先輩ね……あたしが告白した日のこと、覚えてたの。空気読めない、イラつく女だって」
「そんなこと言われたの!?　信じらんない」
　目を見開いて、驚くサナ。
「あたしが同一人物だとは気づいてないけどね。……でも、ホントだもん。予選の当日にコクる女なんて、世界中どこ探したって、あたしひとりだよね」

「そんな……。あたしは全然空気読めないとか、そんなふうには思わないよ？　美桜、ずっと柴田先輩のこと考えてたよね。柴田先輩の家に直接行くのも気が引けるしとか、夏休み明けたら忙しくなるから今のうちに……とかって、ちゃんと考えてたじゃん」

そういえば……そんなふうに考えてたっけ。

「……あたしがどう思おうと、本人からしたら最悪だったみたいだから。それって空気読めないってことでしょ？」

「そんなことないよ……」

「ついでに中学のときのことも思い出しちゃって」

「だから泣いたんだ……」

「うん。でも、もう大丈夫。高校に入って、あたしのこと知ってる人はサナぐらいしかいないし、生まれかわったんだもん」

そこに、たまたま柴田先輩がいただけで。

たまたま話しかけられて、数日間一緒にいただけ。

ただ……それだけのこと。

「それにね。コテツがね……ペロペロ顔をなめて、なぐさめてくれたの」

「コテツ、美桜が大好きだもんね～」

「へへっ。お風呂も一緒だしね」

「えっ!?　まだ一緒に入ってるの!?　ウチはないな～……」

「だって勝手にドア開けて入ってくるんだもん」

「そうなんだ。器用だね……」

昨日はホント、コテツがいてくれてよかった。

「あっ、あたし今日、日直だった。職員室に教材取りにいってこよーっと」

あたしは立ちあがって、職員室へと急いだ。

教室の外に柴田先輩がいたらどうしようって思ったけど、先輩はもういなかった。

サナが、狙った獲物は逃がさないとか言ってたけど、さすがにもう、来ないよね。

……これでもう、サヨナラするんだ。

今日は最近では珍しく、平穏な１日になった。

柴田先輩が教室に来ないだけで……こんなに静かなんだね。

最近がさわがしすぎたのもあって、なんとなく物足りなさを感じてしまうのが怖い。

「美桜～！　今日ちょっと用事があって、一緒に帰れなくなっちゃった。先に帰ってて？」

帰ろうと思ってカバンを持ってサナの席に行くと、そう言われてしまった。

「わかった。また明日～」

そうなんだ？

今日１日つまんなかったから、サナとカラオケでも行こうと思ってたのに。

あたしは残念に思いながら、ひとりで教室を出る。

そして校舎を出て、いつものように歩いていると。

……あ。

もしかして、あれは……。

校門のところに、柴田先輩がひとりで立っていた。

……ドクンッ!!

心臓がイヤな音を立てる。

まさか……待ちぶせされてる!?

無視……。

そうだ。無視、しよう。

あたしはうつむいたまま、早足で校門の脇(わき)を通りすぎる。

てっきり柴田先輩が追いかけてくると思ったけど、うしろからは足音が聞こえてこない。

そっか。

いつも校門のところで、たむろってるしね。

べつに、あたしを待ってたワケじゃないんだ。

ホッとしたような、ちょっとさびしい気持ちになりながらも、あたしは歩き続ける。

しばらくして周りに誰もいなくなった頃、そっとうしろを振り向くと、柴田先輩はやっぱりいなかった。

……ふぅ。

今朝の『さようなら』が効いたのかな。

今まであんなにしつこかったのはなんだったの？っていうくらい、アッサリだよね。

いったい柴田先輩は、あたしのなにを見て、いいって言ってくれてたんだろう。

どうせ見てくれるなら……中学のときのあたしを、もっとちゃんと知ってほしかった……。

　そんなことを考えながら、また前を向くと……。
「きゃ──っ!!　なっ、なんでいるんですかっ!?」
　びっ……びっくりした────っ!!!!
　あたしの目の前に、柴田先輩が立っていた。
　し……心臓止まるってば!!
　先輩は、いつものヘラヘラ顔じゃなくって、マジメな顔をしている。
「……好きだ」
　……はっ!?
　……またそんなこと言ってる。
　あたしは、もう懲り懲り。
　柴田先輩を無視して、そのまま歩きだす。
　あたしは、柴田先輩が嫌い。
　そうだよ。
　……大っ嫌いなんだから。
　スタスタ歩いていると、うしろから先輩の大きな声が聞こえてきた。
「美桜っ！　このとおりだから!!」
　……はい？
　パッとうしろを振り向くと、柴田先輩が地面に頭をつけて、土下座していた。
　なっ……。
　なんで土下座なんかしてるの!?
　そんなことしたって、あたしはだまされないんだから。
「ばっ……バカじゃないの？　土下座してお願いされても、

あたしの気持ちは変わりませんから」
「土曜日は……イヤな気持ちにさせて悪かった。美桜の気がすむまで……オレのこと、殴ったっていい」
「殴る……？　なんであたしが柴田先輩を殴んなきゃいけないんですか？」
「オレがしたことで……美桜を傷つけた。マジで悪かった」
あたしがなにに対してどれだけ傷ついたのか知りもしないクセに、また適当なこと言って。
ホント、柴田先輩って調子がいい……。
「あたし、べつに傷ついてませんし。ただ、柴田先輩とあたしは合わないって思っただけで」
「夏休みのアレって……美桜だったんだろ？」
……えっ!?
なっ……なんで？　今頃気がついたんだ!?
……誰かに聞いたのかな？
でもだからって、土曜日まで“空気読めない女”と思ってたあたしに……なんで頭なんか下げてるの？
そんな急に態度変えられたって……信じられるワケない。
「殴ったって……過去は変えられないんです」
「過去は……変えられない……。そうだよな。美桜の友達の……オレと同じブラバンだったっていう、サナって子にさっき聞いた……。オレのせいで、美桜が学年中のみんなに笑われてたって……」
えっ!?
サナが!?

もうっ!!　なんでそんなこと柴田先輩に言うの!?

だから、今日帰れないなんて言いだしたんだ……。

あたしが柴田先輩を避けてるの知ってるクセに、どうしてそんなこと。

「べつに……いいんです、そんなこと」

「よくない。だからそんなになるまで泣いたんだろ？　ツラかったんだってな……。オレのせいで、中学のときのこと思い出したって……イヤな思い出でいっぱいの、３年間を……」

イヤな思い出でいっぱい……なんて。

そんなふうに言い切られてしまうと、そうじゃなかったような気もする。

サナみたいに心の許せる友達もいたし、遠足や修学旅行もそれなりに楽しかった。

イヤだったのは……。

周りにいろいろ言われた結果、自分の気持ちを悟(さと)られまいと、いつもクールを装って平気な顔をしていた自分。

そうだよ……。

あたしは、そんな自分がイヤだったんだ……。

「……美桜。過去は変えられないけど……これからオレと一緒に、楽しい未来に変えていかないか？」

ドキッ……。

柴田先輩があたしの顔を見上げて、そうつぶやいた。

オレと一緒に……なんて。

そんなの、ムリに決まってる。

　どうやったって、あたしは中学のときのことを思い出してしまう。
　それに、“空気読めない女”って思ってたあたしのことを、これからもずっと好きでいてくれる？
　ううん……そんな保証なんて、ないよね……。
　だけどあたしの胸は、自分の気持ちに反してドキドキと波打ちはじめる。
「ムリ……です」
「やってみなくちゃわかんねーし。今まで美桜にイヤな思いさせた分、残りの高校生活は、楽しい思い出でいっぱいにしてやる」
　な……なにそれ。
　まるであたしが柴田先輩と付き合うみたいな言い方。
「柴田先輩といたら……あたし、中学のときのこと思い出すんです。それはイヤってぐらい、土曜に思い知りましたから。フラッシュバック……っていうんですか？　何度も何度も思い出して。あれから好きな人ができても全然相手にしてもらえなかったし、みんなにバカにされて……」
　うっ……。
　思い出したらまた泣けてきた。
「ゴメン……ホントにゴメン……。オレが悪かった……」
　柴田先輩は地面に強く頭を打ちつけて、必死に謝っている。
「やっ……やめてください！　そんなことしたって、あたしは……」
　見ていられなくなって、あたしは柴田先輩に駆けよった。

やだっ……。

柴田先輩の額(ひたい)から、血が流れている。

「ちょっと……顔上げて!?　なんでこんなこと……」

「どうしたらいいんだよ……美桜にそんな思いさせてたって思っただけで、オレ……もう、どうしたらいいか、わかんねー……」

「だから……そんなことされても困るんです。あたしのためを思うなら、あたしの視界から消えてください。もう、二度と目の前に現れないでっ!!」

あぁ、イヤなヤツ。

あたしはどうして、こんな性格なんだろう。

ホントはここまでしてくれている柴田先輩を許してあげたい。

そうすれば……あたしも、自分を苦しめていた呪縛(じゅばく)から逃(のが)れられるかもしれないのに……。

「悪いけど……それはできねーわ……」

……え？

てっきり、「わかった……」とか言って、この場を去るものだと思ってたのに……。

柴田先輩は顔を上げると、突然あたしを抱きしめた。

「……キャッ!!　なっ……なにするんですか!?」

「絶対……離さねーから。イヤだって何度言われたって、オレはお前を離さない……」

「い……イヤッ……」

必死で振り払おうとするけど、強い力で抱きしめられていて、その腕をほどくことはできない。

　周りには誰もいなくて、ふたりっきりだけど……こんなことされたら、困る……。

「お前に……トラウマ作ったのは、オレの責任だろ？　だったらそれを作った本人が、克服させるのが筋じゃねーの？」

「そんな……勝手なこと言わないでよ」

「勝手……そうだよな。勝手だと思う。夏休みのあのとき、お前にかなりひどい態度取ったしな。だけど……そのあとのことなんて、オレは考えもしなかった。今日、サナに聞いて……ショックだった」

　サナは……どこまで柴田先輩に話したの？

「…………」

「なんで言わねーんだよ」

「言えるワケないじゃないですか！　あんなフラれ方して、あれ以上なにを言えっていうんですか？」

「そうじゃねーよ。土曜日……オレが美桜に話したとき、ホントのことを言えって言ってんだよ」

「怖くて……そんなこと、言えるワケない……。柴田先輩に……もっと嫌われたらって思うだけで……怖くてそんなこと言えなかった……」

「オレのこと……中学のとき、好きになってくれて、ありがとな」

　柴田先輩はあたしをさらに強く抱きしめる。

　ギュッとされると……あたしの心の深いところまで、柴田先輩の優しさがジワジワとしみてくるような気がする。

ドキドキするし、すごく……うれしいよ……。

でも……。

「もう……好きじゃない」

「……うん、わかってる」

うんって言いながらも、先輩はあたしを抱く手を一向にゆるめる気配がない。

「わかってない……」

あたしが『好きじゃない』って言ってるのに、全然聞いてないし……。

「オレが美桜を好き。……それで、十分だろ？」

「なに言ってるんですか……？　一方的で、迷惑です」

「追われるより、追いかける方が好き」

「そんなの知りません」

「いーのっ」

柴田先輩はフフッと笑うと、あたしの顔をのぞきこんでくる。

「美桜のこと……初めて見たのって、美桜がこの高校に入学してから間もない頃だった……かな」

「…………」

「オレって女の顔覚えんの苦手なんだけど……美桜の場合は……どっかで見たことあるって、思った」

「……え？」

「でも……全然誰なのか思い出せなくて。記憶の片隅に、なんとなく美桜の顔があったんだろーな」

そうだったんだ……。

「イヤな思い出……として、ですよね……」

「……いや。そりゃ、あの頃は神経過敏だったってのもあるし、自分で言うのもなんだけど、相当性格悪かったからな。フラれたあとでイライラしてたのもあるけど、突然現れた美桜を見て……オレのこと知りもしないのにコクってきやがってって思った」

　柴田先輩は抱きしめる腕をゆるめて、あたしから体を少し離した。

　そして、あたしに対して申し訳ないっていうような表情を見せたあと、優しく目を細めた。

「けど、今は……コクってきた美桜の気持ちがすごくわかる。オレだって、美桜のことなんも知らねーのに、好きになったからな。高校で、美桜を何度も見るうちに……好きんなってた」

　……ホントに？

「あの夏……見たこともないヤツを人前でフッたこと……実は心のどこかで後悔してたんだと思う」

「後悔……？」

　ホントに？

　柴田先輩は……心のどこかで、あのことをずっと後悔してたってこと？

「そんなことも……今日まですっかり忘れてた。いや……忘れてたっていうか、忘れようとしてたんだな……。だけど美桜を見て、なんかしなくちゃいけないような気がして。自分でもよくわからなかったけど」

「あたしのこと忘れてたクセに、今さらそんな言い訳……」
　柴田先輩のことを……信じてもいいのかな。
　だけど……やっぱり、怖いよ……。
「言い訳だって思われてもいい。オレに……あのときの償(つぐな)いをさせてくれねーかな」
　償い……？
「美桜がオレのせいでツラい思いをした分だけ、これからオレがお前を幸せにしてやるから……」
「……なに言って……」
　……自分で自分をどうしたらいいのか、わからなくなってる。
　柴田先輩を信じたい気持ち半分、信じるのが怖い気持ち半分……。
　ホントはすごくうれしい……。
　この“うれしい”っていう気持ちが、あたしのホントの気持ちなのかな……。
　もしそうだとしたら……あたしは……。
「イヤなら……このまま殴って、オレから逃げればいーから。ま、それでも追いかけてくけど」
　イヤ……？
　ううん……イヤじゃないよ……。
　ホントは、このままあたしも柴田先輩に抱きつきたいくらい。
　こんなに必死で、あたしに気持ちを伝えてくれる柴田先輩を見てるだけで、胸が熱くなって……。

“そこまで言うなら、あたしを幸せにしてください！”

って、この場で叫びたくなる。

だけどやっぱり……素直にそれを表現するなんて、あたしにはできなくって。

「それじゃ意味ないじゃないですか……」

「意味なんて、なくていーの」

柴田先輩はあたしの頬(ほお)に軽く指をあてがう。

「好きだ……」

好きだ……なんて、そんな甘い表情で言わないで……？

至近距離でそんなこと言われたら……はずかしいし、どうしたらいいかわからない。

「あたしは……嫌い……」

うれしいよ……。

ホントは、うれしくて泣きそう……。

それなのに、素直じゃないあたしはつい、本心と反対のことを言ってしまう。

ホントにあの……中学のときに憧れてた柴田先輩が……あたしのことを好きなの……？

「それでも、好き」

「嫌い……」

「うん……」

なにが『うん』なのか……。

ホントにわかってるのかな？

柴田先輩は軽く目を閉じると、少し顔を傾けてくる。

えっ……コレって……。

「ちょっと!!　なにしてるんですか!?」
「へ？　この流れはキスだろ？　早く目ぇ閉じろよ」
　なっ……!!!!
　なに考えてるの!?
「キスなんか、しませーんっ!!!!」
「ハハッ、照れちゃって～」
「照れとかじゃないしっ!!　あ～っ、もう！　殴る!!　今すぐ殴りますから！」
「残念でした～。手ぇ動かせねーように、しっかりつかんでるから」
　ひっ……!!
　柴田先輩はあたしの両手をガッチリつかんでいて、動かそうとしてもビクともしない。
「離してーっ!!!!」
「離すかよ。さ～、選んでもらおーか。オレと付き合うか、この場ですぐキスするか」
「なっ……そんなのあたしに選択権ないじゃないですか!?　バカじゃないの!?」
「バカ……そっ、そうだよな。バカな男が嫌いだって言ってたもんな。でも、今から頭よくすることなんてできねぇし……」
　柴田先輩はマジメな顔をして悩んでいる。
「バカって、そーいう意味じゃないから！　勉強がどうこうより、人としてどうかっていうことで……」
「人として？　じゃーオレ、合格だよな。人間デキてるから」

「自分で言うなーっ！　っていうか、柴田先輩は人として完全に不完全ですからっ!!」
「完全に不完全？　なんだそれ。難しい言葉使うな。意味わっかんねぇ～」
　柴田先輩はいつものようにヘラッと笑うと、あたしに顔を近づけてくる。
　キャーッ!!!!
　やめて──っ!!
「さ～て、さっさと選んでもらおーか。オレと付き合うのか、今すぐここで……」
　──ドカッ!!
　柴田先輩のお腹めがけて膝ゲリすると、
「うっ……」
　とうめき声をあげて、先輩がうずくまる。
　その隙に逃げようと思ったのに、柴田先輩はあたしの手を握って離さない。
「……そんなんじゃ、全然効かねーから。もっと本気でやれよ」
「痛いクセに……ガマンしちゃって」
　弟とのケンカで仕込んだ膝ゲリは、いつも百発百中。
　……のはずなのに、先輩は苦笑いしているだけ。
「痛いけど……美桜の心の痛みに比べたら、こんなん全然平気。気がすむまで殴っていいっつったろ？　早く……もっとやれよ」
　柴田先輩はあたしの腕を引いて、手を自分のお腹にあてる。

「柴田先輩こそ……なんなんですか？　痛いのに、そんなふうに笑って……。あたしが好きだった柴田先輩は、もっと……」

「もっと……なに？」

「……いつも真剣で。意味なく笑ったりするような人じゃなかった」

「……そーだっけ」

　柴田先輩はあたしからフッと目をそらしてしまう。

　そうだよ……。

　みんなからは冷たいって思われてたみたいだけど……あたしは、そんな柴田先輩が好きだった。

　ムダなことはいっさい口にしないし、愛想笑いなんて、するような人じゃなかった。

「オレたち成長してんだぜ？　……変わらないワケ、ねーじゃん」

「そうだけど……それにしても、変わりすぎです」

「たしかに、中学んときのオレって、ほとんど笑ったりしなかったと思う。愛想笑いするなんて冗談じゃねーって思ってたし」

「…………」

「だけどさ。一生懸命やってた部活引退したら……なんか無になって……。今まで目標持ってただけに、なんにもなくなった」

　そうだったんだ……。

「なにも……って。じゃあまた部活に入ればよかったのに」

「そーだな。……だけど、この学校のブラバンってお遊びみたいな部活だし。コンクールとか行けるレベルじゃねぇからな」
「だから……ただのチャラ男に成り下がったんですか？」
なんで、そこでチャラ男なの……？
しかも、ヤンキーになっちゃうなんて、行きすぎもいいとこだよ。
「……自分のキャラを、変えたかった」
「……え？」
「中学んときのヤツがいない高校受験して、前の自分を変えたかった。……ここで、一からやり直したかったんだよな」
ドキドキする……。
それって……あたしと、同じ。
あたしもここを選んだ理由は、同じ中学の子たちがほとんど受験してなかったから。
前の自分を知らない場所に行って、一から始めたかった。
自分を変えたかった……。
「……笑ってる方が、前より楽しーしな」
「柴田先輩のは、ヘラヘラっていうか……笑いすぎじゃないですか」
「……そうか？」
「はい。だけどまぁ、前より楽しい……んですね」
「そ。不機嫌にしてるのなんて簡単じゃん？　相手が寄りつかないように、シャットアウトしてればいーワケだし。だけど、笑ってると……友達が増えた。前は部活つながりで一緒にいただけの友達も、今は部活がなくても一緒につるんでられる」

そういえば中学のときの柴田先輩って、部活以外で友達と話しているところを見たことないかも。

「……友達が、いなかったんだよ」

柴田先輩に……友達が、いなかった？

衝撃（しょうげき）の事実に、開いた口が塞（ふさ）がらない。

「そう……なんですか？」

「おー。はずかしいけどな。クラスには2、3人仲いいヤツいたけど、教室で話すだけで。あとは部活、部活の毎日だったから。同じ部活のメンバーは、男少ない上にクラスもパートもちがったし、部活以外で話すこともないし」

そうだったんだ……。

女子に密かにもてはやされてた柴田先輩にも……そんな悩みがあったんだ。

「今は気楽だな〜……。上からの指示があるワケでもないし、なんの目標もない。女にはモテるし、毎日適当に生きてる」

「それって……」

あたしが渋い顔をするのを見て、柴田先輩はククッと笑う。

「だけどな。こんなオレにも、ひとつ目標ができた」

そう言って、まだ握り続けていたあたしの手をさらにギュッと握る。

「美桜を、落とすって決めた。毎日どんな反応すんだろって思ったらさ、学校行くのが楽しみでさ〜」

「そ……そんな勝手な目標立てないでください……」
　そんなふうに思っててくれたなんて……。
　あたし、めちゃくちゃ、うれしいよ。
「だよなぁ〜。今まで適当に付き合ってきたけど、こんな気持ちになったのって……久しぶり。お前見てると、キュンキュンすんの」
「……はぁっ!?」
　キュンキュンって!!
　あなたは女子ですかっ!!!!
「人を好きになるって、こーいうことなんだな〜って実感する。オレ、今恋してます！って、みんなに向かって叫びたくなる」
「……バカですね」
「そーなんだよな、バカなんだよ」
「開き直らないでくださいっ！」
「バカだけど……こういう気持ちって……生きてる、って気がする」
　柴田先輩はあたしを正面から見つめて、フッと優しく目を細める。
　ドキッ！
「美桜がオレの気持ちに応えてくれたら……すげぇうれしい。なんでもできそーな気がする」
　うわっ……。
　ダメだ。
　そんなに優しい顔で笑われると……あたしも、決心がにぶる。

　だって……もともとは、あたしも柴田先輩が……好きだったんだもん。

「どれだけイヤな思いしたのか……オレにわかるワケもないけど。だけど、絶対に、付き合って後悔させねぇから。今までの何十倍も、何百倍も、楽しいこと……オレと一緒にしていこう」

「柴田……先輩と……？」

　あたしの鼓動が、どんどん速くなってくる。

「サナから聞いた。オレが……トランペット吹いてる姿が好きだったんだってな。だったら、今度の休みに河原でトランペット吹いてやる」

　……河原……で？

「夕暮れどきに、プァ～ッてな？　なんとなく絵にならねぇ？」

「……ブッ。それ……なんかヘンな人じゃないですか？　自分に酔ってる的な……」

　想像すると、かなり笑える！

「……そぉか？」

「絶対ヘンです」

「ま、ヘンでもいーけど。美桜がしてほしいこと、オレが全部叶えてやる」

　あたしがしてほしいことなんて……そんなの、べつにない。

　だけどさっきから、柴田先輩の言葉は……あたしの心の奥深くに、すごく響いている。

過去は変えられないけど……これから一緒に、楽しい未来に変えていく……か。

正直言って、柴田先輩がここまで食い下がってくるなんて思ってなかった。

往生際（おうじょうぎわ）が悪くて、いつまでも過去の出来事にとらわれて、ひねくれてるだけの……つまらない無愛想な女。

そんなあたしを、好きだって……そう言ってくれる。

……そんなこと言ってくれる人、他にはいないよ？

うん……あたし……やっぱり、柴田先輩が好き。

ううん……。

中学のときと比べ物にならないぐらい……今の柴田先輩が、大好きだよ。

クールなときと、笑ったときのかわいい笑顔とのギャップが……もう、たまらなく好きなんだ。

中学のときの、ほとんど笑わない先輩もクールで好きだったけど……今の柴田先輩を、あたしがもっと笑顔にしたいって、思う。

「……楽しくなかったら、承知しませんから」

だけど……ひねくれた性格のあたしは、こんなときだって素直になれない。

「じゃ……許して……くれる？」

「はい。まあ……場合によっては、ソッコー別れますけど」

「いやったぁ――――――!!」

別れるってとこ、ちゃんと聞いてました？って言いたくなるぐらいの喜びよう。

でも……まぁ、いいかな。
柴田先輩が喜んでいると……あたしの心も少しはずんでくる。
好きじゃないって思いこもうとしてたけど……あたしはやっぱり、柴田先輩の笑顔が好きだな。
「柴田先輩……あたしからひとつ忠告（ちゅうこく）が」
「……ん？　なんでもどーぞ」
ニコニコ笑う柴田先輩に、これだけは言っておかなきゃって思う。
「……誰にでも愛想よくするの……やめてください」
「……へっ？」
「その……。他の……女の人に……とか」
そこまで言ったら、自分の顔がブワッ！と熱くなるのがわかった。
「ほぉ～」
うれしそうな表情を浮かべた柴田先輩が、ニヤニヤして、あたしを見る。
「コレはっ、ちがうんです！　あたし、他の女子とモメるのイヤなんで！　ただ、それだけですからっ」
「なるほどな～。わかった。笑うなっていうのは……約束できねぇけど。……とっておきの笑顔は、美桜だけにしか見せないよーにする」
ドキッ。
柴田先輩はあたしの額先に手を当てて、優しく微笑む。
その甘い表情に、一瞬意識が飛びそうになった。

……カッコいい!!!!

でも、絶対に!!　そんなこと言ってやらない。

「じっ……自意識過剰ですね……。その笑顔のどこが……とっておきなんだか……」

「おー。べつにコレが、とか言ってないけど？」

そう言いながらも柴田先輩は、少しずつあたしに顔を近づけてくる。

あぁ……クラクラする……。

憎まれ口をたたきながらも、言葉に反してあたしの心臓はドッキドキ!!

「じゃ……付き合いはじめの、最初の儀式」

「ぎっ……儀式!?」

「そ。唇が触れるだけの……キス」

「ダ……ダメ―――!!」

なにそれっ!!

キス……キッ……キス―――ッ!?

ドキドキしすぎて、壊れちゃうんじゃないかってくらい、あたしの心臓が高鳴ってる。

「そーしないと、オレ……他の女に行っちゃうかも……」

「なっ、なに言ってるんですか!?　そんなの……もしそうなら、ソッコー別れます!!」

「ん〜、意地っぱりだな〜。そんなの絶対イヤなクセに。ホラ、目ぇ閉じてろって。すぐ終わるから」

柴田先輩は、あたしのまぶたに手のひらを置いて、強引にあたしの目を閉じさせる。

その瞬間、唇に、なにかが触れた。

…………!!!!

バッと柴田先輩の手を払いのけると、唇に触れていたのは……。

柴田先輩の、指だった。

「あ……あれっ。キス……じゃ、ない」

「したら絶対怒るもんなー。……どーいう反応するか、見たかっただけ」

そう言いながら、イタズラに失敗した子供のような顔で笑っている。

「……びっくりした〜〜〜」

「今は……ガマンする。いつか、しよーな？」

目の前でかわいく笑う先輩を見てたら、胸がキュンッとなった。

人を好きになるって……こういうことだ。

中学のときのあたしは、柴田先輩を見てるだけで、いつもキュンキュンしてた。

見てるだけだったけど、それでもすごく楽しくて……。

その……憧れの人が、今あたしの目の前にいる。

「オレのこと、い〜っぱい好きになれよ？」

もう、なってます。

でもそんなことは、言えないんだよね……。

ああ、この性格が憎い。

「……そんなの、約束できません」

「ハハッ、相変わらず冷てぇな〜。でも知ってるし。美桜はオレのこと大好きだって」
「だっ、だから!!　そーいうのが自意識過剰だって言ってるんです！」
「恋愛なんてそんなもんだろ？　相手が自分のこと想ってくれてるって、思わなきゃやってらんね～。とくに美桜みたくわかりにくいヤツは……」
　も～！
　そんなこと、自分でもわかってますから！
「わかりにくくて悪かったですね！」
「中学のときの美桜のことは、よく知らねーけどさ。今は、どんなお前でも、好きだから。どんどんかかってこい！受けて立つ!!」
「なんなんですか、その言い方……あたし、先輩にケンカ売ってるワケじゃないんですけど？」
「ま～、なんでもいーってこと。美桜はなにしても、かわいーっつーことだ」
「かっ……かわいいなんて……」
　顔が熱くなってきて、あたしは思わず自分の頬を押さえた。
「やっぱ……しよっか」
「えっ……」
　柴田先輩はあたしの背中に腕を回して、そっと引きよせる。
　ドキドキ……。
　あたしも……たまには素直になってみようかな。
　そぉっと目を閉じると、柴田先輩が近づいてくる気配がわかる。

……あたし……柴田先輩が、好き。

前の柴田先輩も好きだけど、今の柴田先輩の方が……もっと、もっと好き……。

触れるだけの……。

…………っ!?

「ん――――っ!!」

重ねられた唇は、触れるだけ……なんて生やさしいものじゃなく。

初めての体験に、なにが起こったのか一瞬理解できない。

唇が離れると、柴田先輩の満足そうな顔が目に飛びこんできた。

「美桜、かわいい……」

「さっ……サイテー!!」

「オレは最高……ハハッ」

柴田先輩は、デレデレした顔であたしを見ている。

「ヘンタイッ！　ヘンタイ、ヘンタイ、ヘンタイ〜〜〜っ!!」

「なんとでも言ってくれ。あ〜、もぉ今日も寝れねぇかも」

「一生、徹夜してればいいじゃないですかっ!!」

「そんな怒んなって。ま、怒ってもかわいいから許すけど」

「許す？　あたしは絶対、許しませんからっ!!」

あたしのファーストキス……。

こんなに強引に奪われるとは思ってもみなかった。

しかも……あんな……ディープ……キス。

キャーッ!!

思い出しただけでも顔から火が出そう。

あたしは柴田先輩の腕を振り払い、カバンを持って歩きだす。

そのうしろを柴田先輩が笑いながら追いかけてくる。

「……ごめんね？　美桜ちゃん」

「絶対……！　許しませんっ!!」

いつもこんな感じのあたしたち。

だけど……こういうパターンの方が、ふたりらしいっていうか。

あたしが素直になる日は、まだ当分来そうにないみたい。

ヤンキーになった理由

次の日……。
あたしが学校に着くと、教室に柴田先輩がいた。
……ええっ、なんで!?
あわててあたしが隠れると、やたらとデカい声が聞こえてくる。
「オレの美桜をよろしくな？　テメーら、美桜に手ぇ出したらタダじゃおかねーぞ？　ハハハ！」
あの……バカ男!!
あたしはガマンできなくなって、急いで教室の中に入っていった。
「コラーッ！　勝手なこと言わないでくださいっ！」
「おっ、お姫様が来たぞ？」
はい!?
柴田先輩は、あたしをお姫様だなんて言って笑っている。
なんの冗談なんだか……。
「あたし、姫とかってキャラじゃないし！」
「そぉか？　オレと付き合ったら、どんな女もお姫様にしてやるけどな」
なっ……！
あたしの顔が赤くなるより早く、クラスの女子が悲鳴をあげた。
「キャー、美桜いいなぁー。あたしも柴田先輩のお姫様になりたぁい」
「……バッカじゃないの!?　みんな、どうかしてる」
　そう言いながらも、あたしの胸はドキドキしていた。
　……柴田先輩と付き合ったら、どんなことしてくれるんだろう。
　それにはまず、あたしが素直にならなきゃ、なんだけどね……。
「美桜、顔が赤い」
　柴田先輩がみんなに聞こえないように、コッソリ言ってくる。
「うるさいっ！」
「コイツ、オレのこと『うるさい』だって。かわいい……」
　柴田先輩……どっか壊れてる!?
　しかもデレッとした顔で、みんなにあたしとのことをノロけはじめた。
「美桜ってクールだけどな、ホントは優しいんだぜ？　こんないい女、他にいねーわ」
　みんながいる前で、こんなふうにノロけるなんて……。
　はずかしすぎる……。
　あたし、柴田先輩に優しくした覚えなんてないんだけど？
　いつも憎まれ口たたいて、そのうち嫌われたりして!?って思っちゃうぐらいなのに。
　だけど、『いい女』だとか、『他にいねーわ』なんて言われると……すごくうれしい。
「でな？　こーいうふうに言うだけで、赤くなんの。扱(あつか)いやすい。ハハッ」

　なっ……！

　そのために、言っただけなんだ!?

「信じらんないっ!!」

　あたしはムカついて、そのまま教室を出た。

　今から朝礼が始まるけど、もうそんなことどうでもいい。

　ホント、柴田先輩って人はっ……!!

「おい、待てって！」

　柴田先輩がうしろから追いかけてくるのがわかったから、あたしは全速力で走って逃げた。

　絶対に、つかまらないんだからっ!!

　校舎を走り、別棟にある図書室に逃げこんだ。

　図書室のカギは開いてるけど、中にはちょうど誰もいなかった。

　ここまで来れば、もう……見つからない……よね？

　ハァ……ハァ。

　肩で息をしながら、なんとか息を整える。

　なんで朝から全力疾走（ぜんりょくしっそう）しなきゃなんないのよー！

　柴田先輩も運動神経はいいはずだけど、あたしだって逃げ足には自信があるんだから。

　さすがの先輩も、追いつけなかったみたいだね。

　また教室に戻るのもなぁ……。

　もうこのまま、サボッちゃおうかな。

　あたしは近くにあった席に着いて、フゥとため息をついた。

　柴田先輩……みんなにあんな言い方しなくてもいいのに。

はずかしいよ。

頬づえをついて、軽く目を閉じる。

だけど、ちょっと怒りすぎたかな？

次に会うときは、もう少し素直になってみよう……。

こんなふうに誰もいないところなら……少しは素直になれそうなんだけどなぁ。

「……美桜」

……えっ!?

柴田先輩の声が聞こえた気がして、あたしはハッと目を開けた。

そしたら目の前に柴田先輩が、心配そうな顔で立っていた。

「……わぁっ！　いつからそこにいたんですか!?」

「今だけど？」

そう答える先輩は、なんだか不機嫌そう。

「どうして、ここが？」

「美桜の行く先には、必ずオレがいると思えよ？　オレはお前を、絶対に逃がさない」

真剣な顔で言われ、あたしの顔はみるみるうちに、まっ赤になった。

「ばっ……バッカじゃないの!?　よくそんなセリフ、照れずに言えますよね」

「おー。本音だからな」

「……あたし、教室戻ります」

席を立とうとしたら、柴田先輩に腕をつかまれた。

「……ここ、誰もいねーんだけど」

……はいっ!?

ニッと目を細め、うれしそうな顔の柴田先輩を見て、なんだかすっごくイヤな予感がした。

「ちょっ……なんなんですか!?」

「なにって……そのぐらい、わかれよ。ずっとガマンしてんだよ」

「ガマンって……」

あたしは思わず後ずさる。

「あっ……あたしに、ヘンなことしたら……タダじゃおきませんからっ!!」

思いっきり威嚇（いかく）したつもりなのに、柴田先輩はヘラヘラと笑っている。

「ヘンなことってなんだよ～。なぁ、頼むよ……ちょっとだけでいーから」

なっ、ちょっとだけ、なにするつもり!?

あたしは自分の唇を隠すように、両手でガードした。

そしたら先輩はとなりに座って、あたしの膝の上にコテッと横になってきた。

……へっ？

「あ～、すげぇ眠い。どうせサボんだろ？　寝てていいよな」

あっ……膝マクラ。

なんだ……。

あたしはてっきり、キスされるのかと……。

「……まぁ、このぐらいならいーですけど？」

あたしの膝の上で、ゴロゴロしてる柴田先輩が妙にかわいく思えてくる。
「美桜の足……やわらかい」
「そーいう、ヘンタイ発言したら……ソッコー、膝の上から落としますよ？」
「お～、怖（こえ）ぇ。わかった、じゃあこのまま寝るから」
　柴田先輩は目を閉じたまま笑って、おとなしくなった。
　幸せそうな顔を見ると、なんだかあたしの心もホッコリと温かくなってくる。
　……ドキドキする。
　あたしの膝の上で……柴田先輩が……。
「やっぱいいよな～、膝マクラって。超好きなんだよな～」
　……ん？
「そーなんですか？」
「そ。このまま頭なでてもらったりな～……美桜も、やって？」
　柴田先輩があたしを見上げ、キュッと目を細めて子供みたいに笑う。
　その仕草は……かわいいけど。
　けど、なんだかムカムカしてきた。
「あたし、やっぱり授業に出ます……」
　柴田先輩の頭をそっとイスの上に乗せて、ゆっくりと立ちあがる。
「……美桜、どした？　なんだよ……もう膝マクラしてくんねーの？」
　柴田先輩はあたしの態度が急変したから不審（ふしん）に思ってる

のか、あたしの顔をのぞきこんでくる。
「あたし……元カノと同じこと、したくない……」
「……へっ？」
「柴田先輩、膝マクラ……初めてじゃないんだよね。なんか……やだ」
　コレって、あたしの勝手な嫉妬。
　膝マクラが好きって言われただけで、前の人とのことを想像して妬(や)いちゃうなんて……あたしも重症(じゅうしょう)だ。
　プイと顔をそむけると、やたらとニヤニヤしている柴田先輩があたしの正面にまわりこんできた。
「おーい、妬いてんのか！　かわいいとこあるじゃん」
「妬いてないからっ！」
　いえ、完全に妬いてます。
　しかもこんな嫉妬、かわいくない……。
「言っとくけどな、他の女とは膝マクラ以外のことも、いーっぱいしてきた。そんなことぐらいでイジケてたら、オレと付き合っていけねーから」
　そんなことわかってるけど……。
　……あえて言わなくてもいいのに。
「じゃあ……柴田先輩とは、もう付き合わない」
　すねて図書室を飛びだそうとしたら、強い力で引きよせられた。
「その分……美桜には、優しくしてやれる。中学のときのオレじゃ、とてもじゃないけどムリだった。だけど、今は……どんなふうにしたら彼女に喜んでもらえるのかとか、女心も少しぐらいわかってるつもり」
　柴田先輩はマジメな顔であたしをじっと見つめてくる。
「……じゃあ、元カノのこと思い出すようなことは……もう、言わないでね？」
「おー、わかった」
　……あたしって、厄介な女かも。
　こんなことくらいで妬いて、柴田先輩を困らせて……。
「聞きたいこととかあったら、遠慮なく聞いてくれていーから」
「うん……べつにない」
「ない!?　いや、ちょっとはあるだろ」
　先輩はあたしが質問してくると思っていたみたいで、焦っている。
「えー……ないかなぁ」
「ホラ、何人と付き合ったのかとか、“今まで付き合った彼女の中で、あたしのこと一番好き？”とか……」
　柴田先輩はあたしのマネをしているのか、肩をすくめて小首を傾げている。
「ちょっ……なに、それ!!　いくらなんでも、あたし……そんなこと聞かないから！」
　何番目に好きかなんて、そんな自爆するようなこと聞けるワケない。
　今付き合ってるのに、「２番目だな～」とか言われたら立場ないし……。
　柴田先輩は目を細めて笑うと、あたしの手を優しく握る。

うわぁ……手ぇつないじゃった……。
ドキドキする……。
「聞きたくない？　まー、それでも教えてやるよ。答えはこうだ。もちろんお前のことが一番好きだけど……それ以上に、オレ好みにしていくから」
「……えぇっ!?　なにそれっ……」
「な〜、美桜ちゃん。お前ってさ、ツンツンしてるけど……実は、今だって……オレからのキス、待ってるだろ？」
はっ……はいぃ!?
「しっ、柴田先輩！　頭おかしくなっちゃいました!?　あたしそんなの、ひと言も言ってないしっ!!」
もちろん、キスのことなんて頭になかったけど、そんなこと言われると……意識しちゃうっ!!
静かな図書室で、ふたりっきりだし。
しかも、柴田先輩との距離は、こんなに近いし……。
うぅっ、意識したら顔が熱くなってきた。
そんなあたしを見て、先輩はクスッと笑う。
「……しよっか」
「なっ……なにをですか？」
「キス」
声に出すか出さないかぐらいの小さな声で、唇だけをそっと動かす柴田先輩。
きっ……きゃあぁ……。
目をつぶってブルブルと顔を横に振るも、柴田先輩はあたしを見て笑っているだけ。

　そして、さっきから握っている手をゆるめる気配はない。
「……たまには、かわいい美桜も見たい」
「しっ、失礼な！　あたしがいつもかわいくない、みたいな……いやいや、かわいくないけどっ」
「ちょっとはおとなしくしろって。なんなら、強引に黙らせんぞ？」
　柴田先輩はイタズラっぽい笑みを見せて、あたしの体を急に引きよせた。
　キャーッ!!
　体がっ、体が密着（みっちゃく）してる!!
　柴田先輩の胸に、あたしの体がすっぽりとおさまった。
　ドキドキする……だけどそれ以上に、あたしにくっついている柴田先輩の鼓動が、すごく速いことに気がついた。
「……ヤベェ、緊張する」
「だっ……だったら、こんなことしないでくださいっ!!　バカじゃないの!?」
「なぁ……しばらくこのままでも、いいか？」
　柴田先輩は、やっぱりバカだ。
　あたしの話なんて、全然聞いてないし……。
　だけどあたしも、なんだか落ちつく。
　普段は素直になれないけど、こうしていると素直になれそうな気がしてきた。
「……柴田先輩、ひとつ聞いても……いいですか？」
「おー、なんでも」
　今のうちに、ちょっと気になってたことを……聞いてみようかな。

それは……柴田先輩が、どうしてヤンキーになったのか、ということ。

前に、

『中学んときのヤツがいない高校受験して、前の自分を変えたかった』

とか、

『一からやり直したかった』

って、言ってたよね。

それにしても、硬派なタイプからヤンキーになるって……変わりすぎな気がする。

「どうして……ヤンキーになったんですか？」

ドキドキしながら聞いてみた。

そしたら……。

「目立ちたかった」

……へっ!?

「目立ち……って、それだけ!?」

「おう！　オレってな、いつも注目されてねーとイヤなんだよな。ブラバンでは一目置かれてたけど、やめたらなんもなくなったからな」

誇らしげに言う柴田先輩先輩を見て、頭痛がしはじめた。

な……んだ、そんなことなんだ。

あたしはもっと、ヤンキーになるまでにものすごい決心があったのかと……。

「金髪にして、にらみきかせて？　他人を威圧すんのは、もともと得意だからなー。ハハハ」

心配して損しちゃった。

あたしは完全にあきれかえっているのに、得意げに笑う柴田先輩。

「くだらない理由……」

「そーだな。すげぇくだらないかも……でも、オレは今のオレが好きだな。もし中学のオレのままで、この学校で過ごしてたら……」

先輩は、あたしの方を見て頬づえをつく。

「柴田先輩なら、それなりに……今もモテてたんじゃないですか？」

ちょっとイヤミを含めて言ってみる。

目立たないっていうけど、中学のときだって柴田先輩は十分目立ってた。

「モテ……って。べつにモテたいからヤンキーになったワケじゃねーから」

……え？

“目立ちたい”って、そーいう意味も含まれてるんじゃないの？

「中学のときは、顧問の言いつけ守ってブラバンでは完璧な演奏をして。今じゃ考えらんねーけど、規定のシャツ着て、ボタンもここまでとめてさ」

目を細めながら、柴田先輩は一番上のシャツのボタンをとめるマネをする。

……プッ。

ホントに、今じゃ考えられないよね。
「あの頃は、先生にも信頼されて、後輩にも尊敬されててさ……いい子ちゃんな自分に酔ってたっていうか。ブラバン引退して、受験だけの毎日になったら……ホントオレにはなんも残ってねーなって思った。ダチもいなかったしな」
……そう……なの？
あたしは柴田先輩のこと、いい子ちゃんだなんて思ってなかったよ？
硬派な感じが、すごくカッコよかった……。
だけど口には出さずに、柴田先輩の話を黙って聞いていた。
「今は……やりたい放題だから、先生にも目ぇつけられてるし、学校からのいい評価はねーけど……。心から信頼できるダチもいるし、いろんな遊びも覚えたし、毎日すげぇ楽しい」
「へぇ……」
「あ、もちろん。美桜とまた出会えたことが……一番だけどな」
柴田先輩が優しい目をして見つめてきたから、思わず胸がドキッと高鳴った。
「なっ……なんですか？　そんな、取ってつけたように言わなくても……」
照れたのを隠すために、憎まれ口をたたくけど、柴田先輩は相変わらず微笑んでいる。
「取ってつけた？　思ったことを言っただけ。もし、前のオレのままだったら……オレは美桜に近づいてなかっただろうし、今も自分のことしか考えないような、すげぇイヤなヤツのままだったと思う」

「そんな……今は、いい人みたいな言い方して……」

やだな、あたし。

柴田先輩がすごく優しいのは、十分わかってる。

なのに、素直になれない……。

「べつにいい人ってワケじゃねーけど……少なくとも、今は人の気持ちを考えられる人間になったって、そう思う。ダチが増えたら、いろんなヤツの考えがわかるし……まぁ、前より魅力的(みりょくてき)になったってことか？」

さっきまで落ちついて話していた柴田先輩が、突然いつものように、ヘラヘラと笑いはじめた。

……あぁ、この人のコレが……なんだかもったいない気がする。

このまま落ちついた雰囲気でしゃべってたら、あたしだって……もっとドキドキするのに……。

柴田先輩が雰囲気をぶち壊したから、マジメな話はそこで終わってしまった。

「オレの武勇伝(ぶゆうでん)、聞きたい？」

「聞きたくありません〜っ!!　どうせくだらない話……」

「くだらないワケねーだろーが。すげぇぞ？　ビビんなよ？」

「そーいうこと言う人に限って、話がおもしろかったためしがないですから！」

「おっ、美桜は厳しいな〜。じゃあ、オレのヤンキー物語、聞く？」
「いや……それも聞きたくない……」
「始まりはな？」
　柴田先輩は、勝手に話しはじめている。
　全然、あたしの話……聞いてないし。
「……でな？　春休み中に金髪にして、ピアス開けて。この高校の入学式で、一番強そうなヤツにケンカ吹っかけたんだよな？」
「あーそぉですか。で？」
「ソイツ、全然強くなかったんだよな～。ラッキーだった。だけどヤンキー友達がいっぱいいてな、ケンカしたあと仲よくなって、いろいろ教えてもらった」
「いろいろって？」
「遊ぶ場所とか、この辺の派閥（はばつ）とか、モテる秘訣（ひけつ）とかな？」
「へ……へー。そんな秘訣知らなくたって、柴田先輩のことだから、すっごいモテたんでしょうね……」
「ま～、人並みにはな？」
　あたしの目の前でニコニコしている柴田先輩を、ぶん殴ってやりたい気分。
　そんなこと……聞きたくないよ。
　きっと、人並み以上にモテてたはず。
　そこで謙遜（けんそん）するあたりが、無性（むしょう）にイライラする。
「だけどそーいうのは、どうでもよくて。今、ここに美桜がいるだけで……オレは幸せだから」
　そう言って、柴田先輩はあたしの背中に手を回してくる。

「なっ……なんでその流れであたしの話になるんですか!?」
「美桜が、ヤキモチ焼いてそーな顔してっからだろ？」
　ひっ……バレてる!!
「そんな顔されっと、今すぐ襲いたくなんだけど……」
　柴田先輩の笑みが、強烈に甘い!!!!
　見たこともないような甘い表情に、あたしの胸はドキドキ、頭はクラクラ。
「やっ……」
　柴田先輩の手から逃れるように体をよじるけど、グッとつかまれて逃げることなんてできない。
「……いい加減、素直になれよ……じゃなきゃ、おしおき」
　えっ!?
　柴田先輩はニヤリと笑うと、あたしの髪をそっとなでてくる。
　ひゃあっ……。
　逃げることも忘れ、ギュッと目をつぶった。
　そしたら……手のひらに、温かい感触。
　目を開けると、あたしの手に……柴田先輩の手が、重ねられていた。
「1時間目が終わるチャイムが鳴るまで……ずっと、こーしてていいか？」
「え……そんな、こと？」
　あたしがそう言ったら、柴田先輩にキュッと手を強く握られた。
　その温かさに、ドキドキする。

「そ。こんな、こと。でも、美桜からしたら……オレと手ぇつなぐのも……苦痛なんだろ？」

そんな……切ない顔で言わないでよ。

あたし……苦痛じゃないよ？

ホントは柴田先輩のことが、大好き。

今だって、このまま柴田先輩の胸に飛びこんでいきたいぐらい……大好き。

「イヤじゃ……ない、です」

「……え？」

「全然……イヤ、じゃない……あたし……柴田先輩と、もっと……」

もっと……くっつきたい……。

言いたいけど、考えただけで顔が赤くなる。

「もっと……なに？」

柴田先輩は、そんなあたしの気持ちに気づいているのか、笑みを浮かべながらあたしの顔をのぞきこんでくる。

「……そんなの、言えません」

あたしは答えの代わりに、柴田先輩の手をキュッと握り返した。

「……あ〜もぉ、美桜は……かわいすぎ！」

柴田先輩はあたしの髪を優しくなでると、頭をギュッてしてきた。

「そんなにキツくしたら……苦しいです」

「わかった……」

そっとあたしの体から離れると、先輩があたしをじっと見つめてくる。
「あんまり……見ないでください」
「わかった。じゃあ……見ない」
柴田先輩は軽く笑ったあと目を閉じると、そのままあたしに顔を近づけてくる。
……えっ……コレって……。
だんだん近づいてくる柴田先輩を見て、緊張がピークに達したあたしは顔を横に向けた。
「おい、避(さ)けんなよ」
柴田先輩の方を見ると、かなり不機嫌そうな顔であたしを見ている。
やっぱり……キスしようとしてた!?
「避けんなって……言われても……」
いつもなら、なにか言い返す言葉も浮かぶんだけど、ドキドキしすぎて頭がまっ白。
そう言うだけで、精一杯(せいいっぱい)。
「オレだって……はずかしいから。一発で決めさせろ」
「しっ、柴田先輩がはずかしいって！　そんな、今さら……」
まさか先輩がそんなことを言うなんて思わなくて、吹きだしそうになっていたら。
「おい……真剣なんだから、笑うなよな……」
え……ホントだったの!?
柴田先輩の顔は、ほんのり赤くって、なんだかあたしまで照れてしまう。
「ヘンに時間かかると……照れっから。こーいうのは、勢いでやんの！」
「キャッ」
　柴田先輩は強引にあたしの唇を奪うと、そのあとは優しく丁寧（ていねい）にキスをしてくる。
　昨日はなかばムリヤリ深いキスをされたんだけど……今は、とっても幸せ。
　そのままゆっくりとした時間が流れて、なんだか温かくて幸せな気持ちでいっぱいになってくる。
　どうしてあたしは……素直じゃないんだろうなぁ。
　柴田先輩がこんなに大切にしてくれてるのに……。
　よし……今から、少しだけ素直になってみよう。
　そう思っていたら、長いキスのあと、柴田先輩は立ちあがってどこかに行ってしまった。
　……あれっ、どこに行ったのかな。
　せっかく素直になろうと思ったのになぁ……。
　少しだけガッカリしていると。
　柴田先輩は１冊の本を手にして、あたしのもとに戻ってきた。
「さ～て、せっかく図書室にいるし、本でも読むか」
　なっ……なにそれ。
　柴田先輩に、一番似合わない言葉……。
　あたしが吹きだしそうになってると、柴田先輩もヘラッと笑った。
「今、似合わね～って思ったろ」
　ドキッ！

「思いました……」
「ハハッ、すげー素直だな。キスのあとの美桜は、かわいいな」
「なにそれ！　普段はかわいくないみたいな……」
ええ、もぉ。全然かわいげ、ないんですけどね？
そんなのわかってるけど、とりあえず言ってみた。
「そーだな……ツンツンしてんのも悪くないけど、できるなら……素直な方が扱いやすい」
柴田先輩はイスに座ると、あたしの方は見ずに本をペラペラとめくっている。
「扱いやすいって！　そんな言い方……」
しかも、全然こっち見てくれない……。
「でも、もーわかった。キスすればいーんだろ？　楽勝じゃん」
「ひどいっ！　あたし、そんなお手軽な女じゃありませんからっ！　それに、なんなんですか。しゃべってるのに、あたしの目見ないとか……」
フザけてる！って思ってプンプンしてると、柴田先輩がやっと目を合わせてきた。
そう思ったとたん、口の端を上げてニッと笑う先輩。
「なんだ……かまってほしーなら、素直にそう言えよ」
「かっ、かまってほしいとか、そんなんじゃないから！」
「ホント素直じゃないね〜。そんなの最初からわかってたけど。コクったあとも、ずっとつれない態度だったからな〜」
「ううっ……」

　言葉に詰まったあたしを見て、柴田先輩は手にしていた本を差しだしてきた。
「コレ……読むか？」
「あ……コレ……」
　柴田先輩の手にしている本は、この間一緒に見ようとしてた映画の原作だった。
「オレなー、ホント言うと初デートに浮かれてて……全然、内容知らないまま映画に誘ったんだよな。なのに、見られなくて……。もう……見にいってくんねーだろうから、原作をひとりさびしく読もうかと」
　ドキッ……。
　なんでそんな言い方するの？
「あたし……一緒に行ってもいいです……よ？」
「え、マジで？　こないだのチケット……まだ持ってるから、今から行くか？」
「今から……って、授業はどうするんですか？」
「そんなの、また明日受ければいいだろ？」
　真顔で言う柴田先輩が怖い。
　明日って……なに、それ。
「とりあえず……放課後……かな？」
「あ〜、ムリだな。時間的に間に合わねぇ」
「じゃあ、日曜日に……」
「ん一、残念！　今週の金曜日で終わりだ」
「ウソッ！　そんなことって……」
「ま、別のヤツでもいーから。また……オレと、映画見にいってくれんの？」

　柴田先輩に見つめられて、ドキドキ。

「べつに、行ってあげてもいーですよ？」

　こんなときでさえ素直じゃないあたし。

　なんで、上から目線になっちゃうんだろう。

　さっきは素直になろうって思ったのになぁ……。

“あたしも、柴田先輩と映画見にいきたいんです！”

　って、素直に言えればなぁ。

「美桜、映画じゃなくていーから……オレと放課後デートしてくんね？」

「えっ？」

「ま……そんなのぜいたくだよな。デートじゃなくていいから……一緒に帰ってくれるだけでもうれしい」

「そのぐらいなら……いつでも」

「マジ!?」

　やたらうれしそうな顔で笑うから、あたしのドキドキは止まらない。

　あたしは素直じゃないのに、柴田先輩って……わかりやすいなぁ。

　ある意味うらやましいよ。

　――キーンコーン、カーンコーン。

　そんなとき、１時間目の終わりを知らせるチャイムが鳴った。

　あぁ……もう終わりなんだ。

　早かったな……。

もう少しこうやって、柴田先輩とふたりっきりでいたかった。

「……行くか」

柴田先輩が立ちあがって、ポケットに手を突っこむ。

……手、つないでくるかと思ったから、少しガッカリ。

だけど、ひねくれたあたしには、そんなこと、口に出せるワケがない。

「帰り……迎えにいくから。待ってろよ」

ニッと笑うと、柴田先輩は先に図書室を出ていった。

部屋に残されたあたしは、なんだか不完全燃焼（ねんしょう）っていうか。

自分の気持ちを出しきれなかったことと、柴田先輩がさっさと行ってしまったさびしさで、なんだかモヤモヤしていた。

……放課後こそは、素直になってみよう。

柴田先輩が迎えにきたら……自分から手をつなぐくらいになってみよう。

柴田先輩のいない図書室で、あたしはそう……心に決めていた。

第5章
素直になれないあたしと、適当な先輩

コイツひとすじ

放課後になったとたん、ソワソワしはじめるあたし。
柴田先輩……いつ、迎えにきてくれるんだろう。
……早く来て〜。
「美桜〜、今日って柴田先輩と帰るの？」
サナがあたしに話しかけてきた。
うっ……あたしがうれしそうにしてるの、もしかして顔に出てた!?
「ま……まさか。帰るワケないし」
あたしは心にもないことを言ってから、後悔した。
だって……教室の外で、ちょうど柴田先輩があたしの言葉を聞いていたから……。
すっごく不機嫌そうな顔で、あたしを見ている。
……ヤッバ〜い！
「おい……お前」
そして、そのまま教室に入ってくる。
キャーッ、どうしよう！
本音じゃないの！　ホントは柴田先輩が来てくれるのを、すっごく楽しみにしてたの一っ!!って言いたいけど、あたしは黙って席に座っていた。
そしたら……。
「美桜と一緒に帰るとか言うなよ？　オレが先約だ!!」
……はいっ？

「やだ～、あたしがジャマなんてするワケないじゃないですかぁ。どーぞ、どーぞ。自由に持って帰ってください？」

　サナはニタニタといやらしい笑い方をしながら、あたしを柴田先輩の方へと突きだした。

「サナ!?　なに、その言い方っ」

「だ～って。美桜は素直じゃないんだもん。柴田先輩と帰りたくってしかたないって顔……してたよ？」

「ええっ、やっぱり!?」

　あたしは大あわてで自分の顔を手で覆う。

　……けど、言ってから、しまったと思った。

「マジかよ～！　うれしいこと思ってくれてたんだな」

　柴田先輩があたしの両肩に手を置いて、ポンとたたく。

「ちっ……ちがうから」

「なにがだよ。さ、行くぞ」

　サナが見送ってくれる中、柴田先輩に連れられて教室を出る。

　いろんな人に見られながら校舎を出て、帰り道でふたりっきりになると、柴田先輩がニヤニヤしながらあたしに手を差しだしてきた。

「手、つなぐ？」

「い……いい、です」

　つなごうって思ってたけど……実際は、やっぱりはずかしくて、できないよ……。

「……いい？　つなぐぞ？」

　でも、先輩はすぐに手をつないでこようとしたから、あたしは急いで手をポケットに入れた。
「ノー！ってことです!!」
「は？　英語使うのやめよ〜ぜ〜。イミフ〜」
　柴田先輩はヘラヘラ笑ってて、あたしがどんなにドキドキしてるかなんて、わかってないんだろうな。
　あたしだけがドキドキしてるんだって思ったら……なんだかくやしい。
　鼻歌なんか歌っちゃって、あたしの些細な気持ちの変化なんてどうでもいいって感じだし。
「美桜、今からどっか行くか？　土曜日のデートのリベンジしよーぜ」
「……べつにどこでも」
「おいっ、なんでそんな投げやり？」
「じゃあ、行かないって言った方がよかったですか？」
「おぉっ、今度はケンカ腰？」
「漫才やってるんじゃないんですけど!!」
「っつか、夫婦漫才？　美桜と夫婦って……ハハハ、オレって気が早ぇ〜な」
　相変わらずヘラヘラ笑っている柴田先輩。
　……マジで頭痛いんですけど。
「じゃー、オレのダチの家行く？　本もゲームもなんでもあるぜ〜。ついでに座ってるだけで、飯が出てくる!!」
「……それって、柴田先輩が居座りすぎなんじゃー……」
「そんなことないけどな？」
「っていうか……デートなのに……なんで友達の家なんか」

　ちょっとショック……。
　友達の家なんて、いつでも行けるよね!?
　しかもあたしと一緒にだなんて、柴田先輩はなにを考えてるの？
「……だったら、オレの家にする？」
「そ……そーいう意味じゃないです。いきなり……家とか、ありえない。柴田先輩って……今までの彼女と、どーいう付き合いしてきたんですか!?」
「どーいうって……」
　柴田先輩は少し困った顔をしたけど、思い直したように口を結ぶとニッコリと笑った。
「……今朝、元カノの話は聞きたくないって言ってたよな。だから言わねーけど。今は……ダチにオレの彼女を紹介したいなって思っただけで……ただ、それだけだった」
　柴田先輩は切ない表情をして、あたしからフッと目をそらした。
　そうだった……あたしが、元カノの話なんて聞きたくないって言ったんだった。
　それなのに……。
　あたしって、ホントにイヤなヤツ。
　ここは……さすがに、素直に謝るべきだよね。
「ゴメンなさい……あたし……いきなり友達の家なんて、緊張するし……」
「いいって、ムリすんなよ」
「そんな、ムリとかじゃなくって……」

　言おうかどうか迷ったけど、思いきって言うことにした。
「だって……どうせなら、柴田先輩とふたりっきりでいたいっていうか……。今朝、図書室で……幸せだったし」
　自分で言いながら、顔がまっ赤になっていくのがわかる。
　あぁ……はずかしい。
　あたし、なんでこんなこと暴露(ばくろ)してるんだろ……。
　でも……憎まれ口たたいてるときより、全然いいかもしれない。
　だって……柴田先輩が、あたしにフワッと抱きついてきたから。
「……オレも。美桜も、そー思っててくれたんだ？」
　道のまん中だけど、ちょうど人通りの少ない場所で、あたりには誰もいない。
　今くらいは……素直になってみよう。
「……うん」
　コクリとうなずくと、先輩はあたしを抱きしめたまま背中をポンポンとたたいてくる。
「元カノのこととか……もう、聞くなよ？　オレが美桜としたいことを、したいタイミングでするだけだから」
　その気持ちが、すっごくうれしい。
　今はあたしが柴田先輩の彼女なんだから、もう元カノの存在なんて忘れよう……。
「うん……もう、聞かない……」
「そーいやさぁ……オレって、美桜のこと全然知らねぇわ。このまま家まで送ってくから、歩きながら……美桜のこと、オレにもっと教えてくれる？」
「うん……あたしも、今の柴田先輩のこと……あんまり知らないかも。……もっと、知りたいな」
「かわいいこと言うよな……ホラ、美桜……こっち向けよ」
柴田先輩はあたしの顔をじっと見て、優しく微笑む。
……キューン。
ヤバい……あたし、柴田先輩が大好き。
こうやって優しく見つめてきたあとはいつも、あたしがドキドキするようなことを、いっぱい言ってくれる。
そうされると、想われてるって実感できるし、すごく幸せな気持ちでいっぱいになる。
素直になってみて、よかった。
「美桜の怒るとこも、すねるとこも、全部好きだから。……オレのこと、もっともっと……好きになってくれよな」
うん……うれしい。
あたしも好き……大好きだよ。
「そんなの……言われなくても……」
この先は、口に出すのははずかしい。
濁(にご)してゴニョゴニョ言ってるあたしの唇を、柴田先輩は強引に奪った。
あ〜もぉ、ダメかも……。
柴田先輩、ホントにカッコいいんだもん……。
性格も好きだけど、整いすぎた顔が至近距離にあるだけで、あたしのドキドキはさらに加速する。
「美桜……好きだ」

なんて、甘い声でささやきながらキスしてくるなんて、ズルい。
そんなふうに言われたら、あたしだって……。
「柴田先輩……あたしも……大好き」
キャーッ、言っちゃった!!
いつもの柴田先輩なら「マジかよ!!」とか言ってきそうだけど、甘い雰囲気のせいか、先輩は言葉にはしないで、あたしの言葉に応えるかのように情熱的なキスをくれた。
……こんな道のまん中で、あたしたち……なにやってるんだろう。
周りの様子も気になるけど、今は柴田先輩との甘いひとときに酔いしれていたい。
甘〜い気分でいっぱいだよ。
……あたし、幸せ。
長い長いキスのあと、柴田先輩はやっと唇を離してくれた。
「…………」
はずかしくて、目を合わせられない。
柴田先輩は、自分からあんなキスをしてきたクセに、なんだか照れてるみたいで、
「じゃ……行くか？」
なんて言いながら、やたらと髪をかきあげていた。
お互いなんだか気まずくて、しばらく沈黙(ちんもく)。
そのまま５分ほど歩いたところで、柴田先輩がふと立ち止まった。
「……もっと美桜と一緒にいたい。やっぱ、オレの家来る

か？」
「……えっ？」
「なんて……な。ムリ、だよな？」
柴田先輩はフッと笑って、ポケットに手を突っこんで先に歩きはじめた。
あたし……行こうかな。
最初から家でデートなんてありえないって思ってたけど、家の方がゆっくりできるし……。
緊張はするけど、柴田先輩だって緊張してるみたいだから……そこまで警戒（けいかい）する必要も……ないのかもしれないよね。
「行きます……」
「……え、マジで？」
「ハイ……。普通にしゃべるだけですよね？」
「もちろん、そのつもり。やったね」
そう言って、ヘラヘラと笑う柴田先輩。
いつもの先輩に戻ったみたい。
フフッ、なんだかかわいい。
そのあとは、自然な流れで手をつないで歩いた。
しばらく歩くと、柴田先輩の家があるというマンションの近くまで来た。
すると……。
ハデな茶髪に、ピアスやリングをつけたヤンキーが正面から自転車に乗って向かってくる。
ウチの学校の制服じゃないから、他校の友達っぽい。

「おーい、蓮！　今からユースケん家行くから、一緒に行かね？」

わ……柴田先輩の下の名前って、そういえば“蓮”っていうんだった。

いつも“柴田先輩”って呼んでるけど、たまには“蓮”って呼んでみたいな……。

なんてコッソリ思っていると。

「悪いな。見てのとーり、今デート中」

柴田先輩は、あたしとつないでいる方の手を軽く持ちあげて、相手に見せた。

そんな仕草もなんだかうれしくて、あたしは先輩を見つめてドキドキしていた……。

「マジか！　前の女は？　もう別れた？」

「元カノの話はすんなよ。コイツ、すぐ妬くから……」

そう言ってあたしの方をチラッと見る。

「なっ、なにそれ！　べつに妬かないし」

「ムリすんなよ」

柴田先輩は苦笑しながら、あたしの頭をなでなでしてくる。

もうっ……ムリしてないもん。

だけど、そうされたことでなんだか満足しているあたし。

「へ～、キレイな子じゃん。で、今から家に連れこんで……うらやましーっ!!」

柴田先輩のヤンキー友達、やたら興奮してるし。

……あのー、あたしべつにそんなつもりじゃ。

「そーいう下品な言い方すんなよ……コイツは、そんなんじゃねーの」

あたしのこと、大切にしてくれてるのかな……。

友達にハッキリ言ってくれるのって、うれしいな。

「へー……蓮が、そーいう付き合いするようになったんだ？マジメそーな女だよな」

「そ。オレ、もう生まれかわったから。今は、コイツひとすじ」

そんな風に言われて、あたしの顔はみるみるまっ赤になっていく。

「そっか。じゃ、お幸せに～」

ヤンキー友達は、笑いながら去っていった。

「生まれかわった……だって。柴田先輩、高校入学のときに生まれかわったんじゃなかったの？」

あたしが冗談っぽく聞くと、ハハッて笑っている。

「美桜のためなら、何度でも生まれかわるけど？　次はまた硬派なオレに生まれかわってほしい？」

「んー、それもいいけど……やっぱり、今の柴田先輩の方が……いいかな。金髪、カッコいいし」

ボソッとあたしが言ったのを、柴田先輩は聞きのがさなかった。

「マジで？　美桜に合わせて、黒く戻そーかって思ったけど……コレでいい？」

「いいと思います。似合ってるもん……」

あぁ、やだ。

素直なら素直で、そんな自分が気持ち悪い。

「……鳥肌立ってんぞ?」
あたしの腕を見て、すかさずツッコむ柴田先輩。
「コレはーっ、なんでもないです!」
「ムリすんなよ?　ウソついたから、ゾゾッてしたんだろ?　べつにホントのこと言ってくれていーから。傷ついたりしねーし」
「いえいえ、本音です。柴田先輩……カッコいい……。キャーッ、自分で言ってて、違和感ありまくり」
わざわざ口に出して言わなくてもいいのに、思わず言ってしまった。
素直になったらなったで、ホントあたしってタチ悪い……。
「……喜んでいい?　なんか、フクザツ〜」
柴田先輩はさほど深く考えていないのか、いつものようにヘラッと笑っていた。

お似合いのふたり？

　柴田先輩と付き合いはじめて、１週間がたった。
「美桜！　一緒に昼飯食おーぜ？」
　最近は昼休みになると、柴田先輩があたしの教室にやってくる。
「サナと食べるって、いつも言ってますよね？」
「そーだっけか？」
　柴田先輩は、やっぱりバカにちがいない。
　同じことを何度言っても、覚えていないことが、よくある。
「たまには、ふたりで食べてくればぁ？」
　サナはクスクス笑いながら、あたしの背中を押す。
「なんであたしが……」
「柴田先輩、たしかこの子に貸しがあるんですよねー？」
「サナ!?　もう、なに言って……」
「おー、あった、あった！　初デートの日にジュースおごった！」
　そういえば、そんなことも……。
「たかがジュースでエラそうな……」
「ちゃんと、払います！とか言ってたクセにな。金は、いーから、相応の真心で返せ？」
　柴田先輩はニヤニヤしながら、あたしを見る。
「し……柴田先輩の真心って……エロいことですよね!?　絶対!!　イヤです！」

「決めつけかよ〜」
「昨日だって、ムリヤリ家に連れこもうとしたクセに！」
「あれは、たまたまだ」
「なにがたまたまなんですか!?　おもしろい本貸してくれるって言うから、ついていったら……」
「だってな？　お前がオレの家に来ようとしないからだろ？　前だって、オレのダチに会ったあと、『やっぱ行けない』とか言いだすし」
　あのときは、先輩の友達に冷やかされたのもあって、はずかしくなって帰ったあたし……。
「あの日は……ちょっと用事を思い出したんです。まぁそれは置いといて、昨日の柴田先輩……家に行くってわかったとたん、いつもよりキスの仕方がエロかったし……」
　あたしがそう言うと、柴田先輩は苦笑いしてる。
「はぁ？　どんなヤツ？」
「どんな……って。そんなの……言えるワケないじゃないですか！」
　昨日の柴田先輩とのキスを思い出す。
　めちゃくちゃ甘い表情を見せてきて、いつもより強引で、長くて、情熱的な……キス。
　まるで食べられちゃいそうな、そんなキスだった。
　それに……気がついたら、柴田先輩の手があたしの体に触れていて……。
　ヤバい……今思い出しても、ドキドキしてきた！
「美桜が、ふたりっきりになれるとこじゃなきゃ、帰りにデートしないっつーからだろ？」
「きゃあっ！　美桜、大胆〜！」
　サナがキャアキャア言っている。
「誤解だってば！　人目につくとこだと、冷やかされるからイヤなだけで……」
「サナちゃん、こう言いながらもな？　美桜って、キスしてる間はおとなしーから。もぉ別人。ハハッ」
　さっ、サイテー‼
「そういうことを、ペラペラしゃべるなーっ‼」
「えっ、何回目？　ファーストキスの話？　あたし、それしか聞いてないんだけど！」
　そうだ……サナには、ファーストキスの話しかしてないんだった。
「いや〜もぉ数えきれないぐらいしたよな？　昨日は、あと少しで……」
　やたらとニヤニヤしている柴田先輩の顔を、横からたたく。
　それでもニヤけてるし……。
「だーかーらーっ‼　そーいうことを、他の人にしゃべらないでーっ」
　ハァッ……。
　普段ツンツンしてるのに、柴田先輩とふたりっきりになったら甘い雰囲気にやられっぱなしとか、あたしらしくなくて、サナには知られたくない。
「もぉー、美桜ったら照れ屋さん！　柴田先輩といい感じじゃない。フフッ！　コテツが聞いたら妬くかなぁ〜」

　サナがなにげなく言った言葉に、柴田先輩の顔色が、一瞬にして変化した。
「……コテツ？　誰だ、ソイツ」
「あぁ、コテツっていうのは……」
　サナが説明しようとするから、あたしはそれを手で制した。
「黙ってたんですけど……あたしには、柴田先輩と付き合う前から、大切な人がいて……。いろいろ相談に乗ってもらったり、なぐさめてもらったり……」
「な、なに？　それが……コテツ？」
　サナは柴田先輩の反応に、今にも笑いだしそうになっている。
「コテツは、美桜のこと大好きだから……。美桜とお風呂に入ったり、顔なめたり……やりたい放題」
　サナがニヤニヤしながらそう言って、柴田先輩を見る。
「なにーっ!?　ふっ、風呂!?　うらやましすぎるな……」
　柴田先輩！　そこ、くやしがるとこ!?
「柴田先輩、強敵ですね！」
　コテツの正体はバラさずに、先輩にエールを送るサナ。
「おー、受けて立つぜ？」
　コテツが犬だって知ったら、どんな顔するんだろ。
　柴田先輩って、おバカだけど、単純でおもしろい……。
　中学のときは、もっと複雑な人だと思ってたんだけど。
　……でもまぁ、こーいう先輩も、結構好きかも。
「美桜ーっ!!　ライバルがいようと、オレは美桜が好きだーっ!!」

あたしとサナが教室を出ていくと、うしろで柴田先輩が叫んでいる。

「……バカー」

まっ赤になってボソッと言うあたしを見て、サナが脇腹をつついてくる。

「そーいうとこが、かわいいって思ってるクセにー！」

「……へへッ、まあね」

そう、柴田先輩ってかわいいんだよね！

「柴田先輩にそう言ってあげれば？」

「調子に乗るから、ヤダ」

「素直じゃないなぁー」

こんなあたしでも、キスするときは、素直だよ？

先輩しか知らないあたしだけどね……！

……今日より明日。

明日より、あさって。

柴田先輩と、少しずつ、楽しい思い出を積み重ねていく。

ふたりの思い出が、ずーっと先の未来まで、つながっていますように……。

恋してるときって、毎日がキラキラしている。

柴田先輩に恋してよかった。

好きです……って、あたしもいつか、かわいく素直に言える日が、来るといいな。

「……今日、家来ねぇ？」

すべての授業が終わり、柴田先輩と一緒に帰っていると、校門を出たところで突然そんなことを言われた。
「は!? まだ言ってるんですか!? 下心見え見えですから!!」
「ハハッ、やっぱり？」
「当たり前です!! 顔、ニヤけてますよ!?」
「そーか？ ……でも、キスはいーよな」
「…………」
柴田先輩とのキス、……大好き。
先輩とのキスは、あたしが唯一、素直になれる魔法(まほう)なんだ……。
日に日に長くなるキス。
……柴田先輩の家に行くのもそう遠くない未来……かな？
「な……美桜のこと……もっと知りたい」
甘い表情でささやかれると、あたしもどうしていいか、わからなくなる。
「……なんでも聞いてください。答えますから……」
「いや、そーいう意味じゃねぇんだけど」
「え？ 他に意味あります？」
「ない!! とりあえず、もっかいキスしよーか？」
「……はい」
「…………」
たまに素直になると、柴田先輩の頬が、ほんのりピンク色になっているときがある。
あたしはそれを見るのが、密かに好きだったりする……。

ちょうど周りに誰もいなかったから、あたしたちは、静かに唇を重ねて……ふたりだけの世界に浸(ひた)る。
「……美桜、その手はなんだ？」
「柴田先輩こそ……その手、離してもらえます？」
最近、柴田先輩がエロい。
気づくと、あたしをさわろうとしてくる。
「美桜ちゃーん？　……ちょっとだけ……」
「柴田先輩のちょっとだけは、遠慮(えんりょ)を知りませんから!!　こないだのキスのときだって……」
気づいたら柴田先輩の手があたしの太ももに置いてあって……。
その手がスカートの中に入ろうとしてたから、思いっきりケリを入れたんだ。
そのときは、『もうしませーん！』って苦笑いしてたけど、やっぱり……するんだ？
まぁ今日は、太ももじゃなくて、手が脇腹から少しずつ胸の方に移動してたんだけど……。
「結果、メロメロだろ？　幸せそーな顔しちゃって」
「めっ……メロメロってなんですか!?　全然そんなんじゃないしっ！」
なんて言いながら、柴田先輩との甘い雰囲気に、かなり頭がボーッとしちゃってたのは、たしか。
「もう、触れるだけのチューじゃ、ガマンできない……」
「……なワケないじゃないですかーっ!!　ヘンタイっ！」
「だから、オレはヘンタイだっつってんじゃん？」

「開き直るな――――っ!!」

「そんな怒んなよ～。な、もっかいしよ？」

「イヤです～！」

あたしは先輩から逃れるように、走りだした。

そしたら柴田先輩は、懲りずに追いかけてきた。

フフッ！

柴田先輩とのこういうやりとりも……あたしは、結構好きかもしれない。

でも、あたしが素直になる日は……やっぱり、まだまだ遠そうだ。

あたしとモテヤンキー

柴田先輩と付き合いはじめてから、１ヶ月が過ぎた。
放課後、ひとりで下校していると……。
「あーっ!!　美桜さんじゃないっスか!!」
「……なにか用？」
「美桜さん、今日もお美しいですね」
「…………」
「美桜さん、毎日勉強お疲れ様です!!　肩でも、もみましょうか？」
柴田先輩と付き合ってからというもの、周りがやたらさわがしい。
先輩の後輩ヤンキーが、毎日あたしに話しかけてくるの。
「どうでもいいから、静かにしてくれる？　あたしのことは、放っておいて！」
ビシッと一喝(いっかつ)したのに……。
「そういうワケには、いきません！　柴田先輩から、美桜さんを大切にするように言われてますんで」
「あたしは、今話したくないの。わかった!?」
「あ、こうも、聞いてます。美桜さんは、ツンデレだって。言葉を真(ま)に受けるなと……」
……ったく、あの男……。
最近の悩み。
それは、あたしの周りにヤンキーが増えたこと……。

さっきのヤンキーを振り払って、そのまま帰っていると、また別のヤンキーが歩みよってきた。

赤い髪にパーマ。ジャージの上下に、サンダル履き。

首から下がったシルバーのネックレスに、たくさんのピアスと、指にはめたゴツい指輪が目に入ってくる。

……もしかして、柴田先輩の対抗派閥!?

そういう人もいるって、聞いたことがある。

思わず身がまえると……。

「美桜さん！　さっき、柴田先輩が捜してました」

なんだ、やっぱり柴田先輩の後輩なんだ。

絡まれるのかと思って、ちょっと怖かった。

「柴田先輩に会ったら、おととい会いにきて～って言ってた、って言っといて？」

シレッと言うと、半泣きになっている。

「そんなこと言ったら、オレ、殺されますよ～!!　それに、見たのに逃したのか!?って、ボコられる」

……そっか。

あたしが逃げたら、この子に迷惑がかかっちゃうんだよね。

「わかった。じゃあ……この場所、学校の近くのコンビニの前にいること、教えてもいいよ」

あたしがそう言うと、うれしそうに電話をかけはじめた。

「柴田先輩!!　美桜さんを見つけました!!　えっ、あ！　じゃあ、例の合コン企画してくれるんスか？　やったー!!!!」

……ん？

今、なんて言った？

「じゃ、オレ帰るんで……」
　さっさと逃げようとした後輩ヤンキーの腕を引っぱる。
「ちょっと待って。合コンがどうとか言ってなかった？　柴田先輩と行くの？」
「あ～……先輩には、オレが言ったこと、言わないでくださいね？　花咲（はなさき）女子学園に通ってる友達がいるから、合コン企画してくれるって話で。いい話っしょ？」
　……はい？
　柴田先輩に、女子の友達が!?
　しかも花咲女子学園っていうと、名門のお嬢様（じょうさま）学校で、かわいい子ばっかりなんだよね……。
「それって、いつの友達……？」
「いつって……さあ。元カノとかかな～……」
　なにーっ!!
　なんか、ムカつく。
　まさか今頃元カノの存在が、出てくるなんて……。
　柴田先輩ってモテるけど、あたしを大切にしてくれているし、元カノの話はしないって言ってくれたから、最近は気にしてなかった。
　だけど……今も連絡を取りあっている元カノがいたなんて……。
　モヤモヤモヤ……。
　うー、気になる。
「その元カノ、かわいいの？」
「さあ……。オレもよく知らないんで……」

べつに、自分よりかわいいとか、気になるワケじゃないから。

……いや、やっぱり気になる。

きっとまちがいなく、性格はあたしよりかわいいはず……。

それに加えて外見もかわいかったりしたら、あたしの立場って……。

やっぱアイツの方がいいな、なんて、柴田先輩が思い直したらどうしよう。

微妙に焦っていると、お気楽な柴田先輩がやってきた。

「美桜～、逃げずに待っててくれたんだな」

「じゃ、オレはこの辺で……」

後輩くんは、苦笑いしながら去っていく。

「……どした？　美桜、なんか元気ない？」

わぁっ……どうしてこの人は、あたしのそんな些細な変化にも、気がつくんだろう。

全然顔には出してないつもりなんだけどな……。

……どうしよう。

聞いてみようかな。

「あ、サナに聞いたぜ？　昼に、弁当からプチトマトが転げ落ちたんだってな。そりゃショックだよな～」

……は？

あたしがプチトマトごときで落ちこむかっての!!!!

ホントにこのお気楽人間は……。

「合コン……」

「ん？」

「あたしも、合コン……行こうかな」
　くやしまぎれに出た言葉が、コレ。
　あたしが言った言葉に、柴田先輩の顔色が一気に悪くなった。
「なに言ってんの？　それ、冗談だろ？」
「冗談じゃない。たまに誘われるんだよね……。ホラ、人数合わせとか……」
「おー、いい度胸してんな。その誘ったヤツ、ぶっ殺す!!!!」
　いや。怒る対象、そっちじゃないし。
「いいでしょ。柴田先輩だって……合コンするみたいだし？」
　イヤミっぽく言ってみた。
　正確には、紹介するだけ……みたいだけど、参加するなら同じことだよね。
「げっ！　なんでお前、それ知って……クソ、さっきのアイツだな。ったく、バラしやがってー!!」
「……そんなムキになる？　やましいことがあるんだ？」
　ムッとしてにらむと、柴田先輩はヘラッと笑った。
「えー、全然？」
「怪しー……」
「怪しくねーの。なんなら、美桜も来るか？」
「いっ、行くワケないでしょ!?　なんであたしが……」
　意味わかんない。
　なんで女子校との合コンに、あたしが行かなきゃなんないのよ……。
　彼氏が企画したとはいえ、合コンにまでついていく彼女って、頭おかしすぎる……。

あたしには絶対にできない。

「連れていきてーな。オレの女です、ってダチに紹介したい」

……ポッ。

わ‼　あたしったら、なに赤くなってるんだか。

素直に反応するなんて、あたしもバカじゃないの⁉

「おっ、顔が赤い……」

柴田先輩は、あたしの顔をのぞきこんでニヤニヤしている。

「偶然なんだからっ。暑い……そう、ここ暑いから」

あたしは自分の手で顔をパタパタとあおいだ。

それを見た柴田先輩は、なんだかニヤニヤしはじめる。

「おー、暑いよな。なんなら、制服のボタン外してやろっか？」

「は⁉」

柴田先輩は強引に、あたしのシャツのボタンを外そうとしてくる。

「キャーッ‼　ヘンタイッ」

――バッチーン‼

あたしは勢いあまって、柴田先輩の頬を思いっきり引っぱたいた。

「痛(いて)え……」

「だって、柴田先輩がっ…………」

あたしはシャツの襟(えり)を押さえ、柴田先輩をにらむ。

「ちょっとボタン外そうと思っただけだろ。そんな怒んなよ……」

「もう！　さわらないでくださいっ!!」

ホント、柴田先輩……ワケわかんないっ！

ムカムカがおさまらないから、このまま柴田先輩を置いて先に帰ろうとしたら。

「……合コン、マジで行くのか？」

さびしそうにつぶやく声が聞こえてきた。

「柴田先輩だって行くんですよね……お互い様じゃないですか」

ホントはそんなの、行かないけどね。

「……そっか。まあ、べつに行ってもいーけどな」

え……？

そんなアッサリ言われてしまうと、なんだかさびしい。

なんなの？

もっと引き止めてよ……。

「い……行きますから」

「おー。オレもその合コンに行くけどな」

……はいっ？

やっぱり柴田先輩が、アッサリ引き下がるワケないんだよね……。

「日にちいつ？　時間は？」

「…………」

そんなこと言われても……架空(かくう)の合コンだし。

「おい、なんで黙ってんだよ」

「……ウソだから」

「え？」
「柴田先輩が……合コン企画するって聞いて、ちょっと言ってみただけです。なんかムカついたから……」
「マジ!?　ハハッ!!」
　ムカついたって言われて満面の笑みになる男は、多分あたしの周りでは、柴田先輩ひとりだと思う。
「……なに、ニヤニヤしてるんですか？」
「美桜も妬くことあんだなーって思って」
「妬いてなんかっ!!」
　ホントは妬いてるけど、そんなこと、柴田先輩には、絶対に言いたくない。
「心配すんな？　合コン相手、オレらより10以上年上だから」
「えっ？　女子校って聞いたけど……」
「女子校の教師。年離れてるけどオレの幼なじみでな、高校教師してるヤツがいて」
　な……んだ、そうなんだ。
　あたしはてっきり元カノかと……。
　……ん？
　だけど、教師と生徒が合コンって、なんかちょっとおかしくない!?
「柴田先輩の幼なじみって、まさか元カノじゃないですよね？」
「まさか！　元カノと会うとでも思った？　あ、だから妬いてんだなー。このっ、かわいいヤツ!!」

ほっぺをツンツンされて、いろんなことが重なって、なんだか一気にはずかしくなった。
「あたしなんて、かわいくないですから……」
プイと顔をそむけると、柴田先輩にうしろからギュッと抱きしめられた。
ドキッ！
「美桜～。オレが、美桜を悲しませるようなことするワケねーだろ」
「だって……さっきの後輩くんが……元カノかもって……」
ギュッとされると、不思議と素直になれる。
顔が見えてないからかな。
なんだかいつもより、言いたいことが言えるようになるんだよね。
「美桜が不安なら、元カノの連絡先、ケータイから全消去(ぜんしょうきょ)してやる。今後もいっさい関わることねーし」
「ホント……？」
「おー」
そう言ってもらえたら、ホッとした。
「よかった……」
振り向いて、今度はあたしの方から、ギュッと先輩に抱きついた。
少しして、柴田先輩はあたしから体を離すと……、
「……美桜」
と、甘い声であたしの名前を呼んだ。
ドキッ。

柴田先輩の口数が少なくなって、あたしを見つめるときは……。

キスの合図。

コンビニから移動してあまり人気のない場所に来たけど、一応周りに人がいないのを確認したあと……ドキドキしながら、そっと目を閉じた。

あたしに触れる柴田先輩の唇が、とっても優しくて、さらにドキドキが加速する。

最初はゆっくりと始まるキスだけど……ガマンできなくなったように、柴田先輩のキスは、すぐに刺激的なモノに変わる。

あたしの頭をかかえこむようにして、何度も角度を変えては、貪るようにキスをする先輩……。

愛されてる……って実感するとともに、柴田先輩の甘い吐息に、あたしの頭もだんだんとボーッとしてくる。

……ケンカのあとの柴田先輩のキスは、かなり情熱的なんだ。

「……フフッ」

「……美桜～。ニヤけてるよ？」

次の日のお昼休み……。

教室で、昨日の帰り道でのキスをふと思い出してニヤけていると、サナがあきれたように見てくる。

「……えへ～」

「幸せそう……。その顔、柴田先輩に見せてやれば？　どうせまたシレッとした顔してたんでしょ？」
「だって〜。こんな顔したら、そのまま柴田先輩の家に連れこまれちゃうよ」
　最近では、サナにデレデレしてるところを見られても平気になった。
　それでも、柴田先輩にはあたしのこんな顔は、見せられない。
　絶対に調子に乗るってわかってるからね。
「アハハ、ま、そーだね。だけど、柴田先輩かわいそー」
「いいんだよ、このぐらいで」
　結局、合コンには行かないって言ってくれた先輩。
　紹介するだけにするって。
　それを聞いてひと安心。
　柴田先輩は、カッコいいしモテるから、あたしだって心配なんだよ……。
　だけどそのことは、言ってあげない。
　だって、もうしばらくは、あたしの方が上手でいたいから。
　追いかけてもらう方が、愛されてるって実感できる。
　でもいつか、素直になれたときには……柴田先輩がうっとうしがるぐらい、
「大好き」
　って、言ってあげるからね。
「おい、美桜。なんでそんなニヤけてんだ？」
「うわぁっ!!」
　気がつくと柴田先輩が、あたしの真うしろに立っていた。

「びっ……びっくりするじゃないですか。いつからそこに!?」
「いつって……ついさっきだ。つか、そんな化け物見たよーな顔すんなよ。傷つく～」
　『傷つく』とか言いながら、柴田先輩はいつものようにヘラヘラと笑っている。
「サナ……さっきの話のときは、柴田先輩……いなかったよね？」
　あたしは恐るおそる、サナに聞いてみた。
　『さっきの話』っていうのは、キスの話なんだけど……。
　そしたらサナはニヤニヤしながら、
「さ～、どうだったかなぁ？」
　なんて、ワザとイジワルを言ってくる。
「ちょっと！　教えてよっ！」
　あたしがサナに食ってかかると、柴田先輩が間に入ってきた。
「おいおい、オレを置いて話してんなよ？『さっきの話』ってなんだ？　オレにも教えろよ」
　ってことは、聞いてなかったってことだよね。
　よかった……。
「柴田先輩には、関係のない話ですから」
　あたしがシレッと言うと、柴田先輩は本気になって心配している。
「ちょ……待て。まさか、他に好きな男ができたとか……そんな話じゃねーよな？」
　……そんなこと、あるワケないし。

チラッとサナを見ると、うつむいて肩をふるわせている。

きっと、笑いをこらえてるんだろうけど、それを見た柴田先輩は、ますます焦りだした。

「ハッキリ言えって！　今からその相手に殴りこみにいくぞ。何年何組のどいつだ？」

いやいや……そんな人、実在しないし。

しかも、『殴りこみにいく』って……。

「美桜はいいなぁ～。柴田先輩にすっごく愛されてるよね？」

サナは、そんな先輩を見てクスクスと笑いだす。

まあね……柴田先輩の思いこみって、ちょっと行きすぎな気もするけど……。

冷たくてつれない、中学のときの柴田先輩より、よっぽどいいよね？

あたしも、今みたいに熱い柴田先輩の方が、大好き。

「柴田先輩って……ホントにあたしのことが好きなんですね……」

うれしいけど、それは表には出さずに淡々とした表情で言ってみる。

「当たり前だろ？　オレはお前の最初で最後の男になるって決めてんだよ。他の男に行ったら……泣くからな!!」

最初で最後の男!?

そんなこと思ってくれてるんだ!?

その言葉に感動しそうになったけど、柴田先輩が『泣く』なんて言うから、あたしは思わず吹きだした。

「ブッ……」

学校一のモテヤンキーで、怖いモノ知らずと思われている柴田先輩。

今のこの発言を、慕ってるヤンキーの後輩くんたちが聞いたらどう思うんだろ……。

あたしが吹きだすのを見て、柴田先輩はますます熱くなっている。

「なんで今笑った!?　オレが泣くワケないと思ってんだろ。マジだからな……マジで泣いてやる!!」

「アハハ……ちょっと……もぉ、やめてぇ。柴田先輩のヤンキーのイメージ崩れちゃう～」

サナまでゲラゲラと笑いはじめた。

「……柴田先輩？　これからもずっとあたしと一緒にいてくれるんですか？」

聞き返すのもはずかしいけど、もう１回確かめたくて、柴田先輩にそっと小さい声で聞いてみた。

「もちろん。イヤって言われても、ずっとつきまとってやる」

……つきまとうって、どうなの？

っていうか、あたしが柴田先輩にずっとついていくよ。

はずかしいから表には出さないけど、柴田先輩があたしを想ってくれてるのと同じくらい……。

ううん。

それ以上に、柴田先輩のことが大好きだからね！

「……で、話戻るけど、誰なんだ？　ソイツ……」

「も～、その話やめましょうよ。柴田先輩が彼氏だって知ってたら、あたしと付き合おうとする人なんて、この学校にはいませんから！」

　柴田先輩を元気づけようとして言ったのに、

「まさか……他の学校のヤツか!?」

　だって。

「……もー、いーです」

　柴田先輩のことが大好きだけど、あたしのツンデレは、しばらくこのまま続きそうです。

　中学のときは先輩のせいで最悪な３年間だったけど、高校生活は……先輩のおかげで楽しくなりそう！

　そしていつかは……素直な女の子になれるといいな……。

　柴田先輩が『最初で最後の男』って、言ってくれたこと……ホントにすごくうれしかった。

　あたしも柴田先輩の、“最後の女”になれるように、がんばるね。

　そのことは、先輩には……まだまだヒミツだけどね！

end

番外編

柴田先輩に胸キュン♥

とうとう柴田先輩の家へ…！

先月から夏休みに入った８月……。

最近柴田先輩とは、あんまり会えていない。

３年生の柴田先輩は、一応大学に進学するつもりで、最近はマジメに受験勉強をしてるんだって。

夏休みになってから勉強を始めたみたいで、「遅くない!?」って言いたくなったけど、がんばってるから、あたしもできるだけ応援しようと思っている。

――ミーン、ミーン。

外を歩いていると、セミがうるさく鳴いて、うっとうしい。

おまけに湿気と暑さのせいで、肌がベトッとして気持ちが悪い。

……だけど、あたしはかなり機嫌がよかった。

だってね……。

今日は初めて先輩の家に遊びにいくんだ！

付き合ってからなんだかんだで、まだ一度も柴田先輩の家には遊びにいったことがなかった。

「オレんちに来いよ」って言われると、「イヤです!!」って言いたくなるけど、

「受験勉強で忙しいし、会えねーな」って言われると、ひねくれてるあたしは、「差しいれぐらいなら、持っていってあげてもいいですよ？」なんて言ってしまう。

そんなかわいげのない言い方でしか、会う口実を作れない。
それに気づいているのかいないのか、柴田先輩はやたら喜んでくれた。
今日も朝から受験勉強をするっていうから、お昼ご飯にちょうどいいように、サンドイッチを作ってきたんだ。
「作ってきた」って言ったら、柴田先輩……喜んでくれるかな。
へへッ。
柴田先輩のかわいい笑顔を想像したら、あたしの顔も自然とほころんだ。

柴田先輩の住んでいるところは、17階建ての高層マンションで、そこの10階らしい。
何度かマンションの近くまでは来たことがあるんだけど、実際に目の前まで来たのは初めて。
マンションの前に立ち、ゴクリと唾(つば)を飲む。
うわぁ……緊張する。
両親は共働きでひとりっ子だから、家には誰もいないって言ってた。
ってことは……。
ふたりっきり!!
そんなの、キケンすぎるってわかってる。
わかってるんだけど、最近デートもマンネリぎみだし、外で会うより家の方がくつろげるもんね……。
ドキドキ……。

あたしだって……少しの覚悟はできている。

もう、付き合って２ヶ月たつし、キス以上の関係になってもいいかな……なんて、思ってるんだ。

今日なにかあるかも！って考えてるから、よけいにあたしのドキドキは止まらない。

――ピンポーン。

マンションの入口にインターホンがあって、そこで部屋番号を押して柴田先輩の声が聞こえてくるのを待つ。

しばらくして……。

「おっ、早かったな。すぐ、そっちに行くからな」

っていう、柴田先輩の低い声。

キャー！

今さらだけど、声もめちゃくちゃカッコいい！

インターホンだから、柴田先輩の姿が見えないのをいいことに、あたしは興奮を抑えきれずひとりでニヤけた。

「……なんで笑ってんの？」

「えっ、笑ってません！」

なんで、バレてるの!?

あたしがキョロキョロしていると、柴田先輩の笑い声がインターホン越しに響いた。

「なにやってんだ？　全部見えてるから！」

「えっ、どうして!?」

「インターホンに、カメラついてんの。……そこにいろよ？すぐ行くから」

カメラ!?

そっか……そうなんだ。

今までマンションに住んでいる友達の家に行ったことがなかったから、知らなかった。

柴田先輩に見られてたと思うと、無性にはずかしくなってくる。

ニヤけたことを、大いに後悔……。

今日はウエストにリボンのついた、黒のワンピースを着てきた。

かわいらしいデザインと、大人っぽい黒との甘辛(あまから)ミックス。

素足にミュールで、足もとは涼(すず)しげに。

この格好も見てくれてた？

だけど、それについてはなにも言ってくれなかったな……。

なんて思っていると、目の前のエントランスに続く自動扉が開いた。

柴田先輩が開けてくれたのかな？

あたしはエントランスの中に入り、柴田先輩が来るのを待つ。

しばらくすると、近くにあるエレベーターから先輩が現れた。

キャーッ！

今日もめちゃくちゃカッコいいよーっ!!

柴田先輩は、黒にオレンジのラインが入ったジャージの上下っていう、かなりラフな格好。

それでも、ヤンキーの柴田先輩には、かなり似合いすぎている。

「美桜！　早かったな」

　満面の笑みで、先輩があたしに近づいてくる。

「早くちゃダメですか？」

　あたしも笑いかけたいのに素直になれず、いつものツンとした態度を取ってしまう。

　それでも柴田先輩は、笑顔を崩さない。

「ダメなワケないだろ。早い方がより長く一緒にいられるしな……って、お前……」

　近づいてきた柴田先輩が、あたしをまじまじと見て、急に真顔になった。

　……えっ!?

　あたしの格好……ヘンなのかな!?

　やっぱり張りきりすぎた？

「なっ……なんなんですか？　そんな顔して……文句あるならハッキリ……」

「今日の美桜……ヤバい」

「へっ!?」

「なんか、ＯＬっぽい」

　……はあぁ!?

「意味わかんないんですけど……」

　それって、老(ふ)けて見えるってこと!?

「いいねぇー、そーいうシンプルで大人っぽい格好、好きなんだよな。似合ってる」

　ドキッ！

そ……そーいう意味だったんだ。

めちゃくちゃ、うれしいよーっ！

このワンピースにして、よかった！

「美桜は黒が似合うよな」

「性格が暗いからですか?」

照れ隠しで、つい、ひねくれたことを言ってしまう。

「そーいう意味じゃねーだろ」

うん、わかってるんだけどね。

あたしが黙っていると、柴田先輩がエレベーターの方に歩きだしたから、あたしもあとについていく。

エレベーターのボタンを押し、ふたりでエレベーターに乗りこんだ。

柴田先輩が10階のボタンを押すと、エレベーターの扉が静かに閉まる。

「…………」

あたしがあんな言い方をしたからか、柴田先輩は話しかけてこない。

柴田先輩の目線は、エレベーターの階を示すボタンに注がれていて……。

沈黙のエレベーターは、とっても居心地が悪い。

たまりかねたあたしは、勇気を出して話しかけてみた。

「あのね……今日、会うの……楽しみだった……」

「!?」

柴田先輩は、あたしを見てびっくりしている。

それもそのはず、あたしがこんなに素直になることなんてめったにないから……。
「私服で会うと、緊張する……。あたし……今日はうまく話せないかもしれない」
“柴田先輩のジャージ姿に胸キュンしてます！”
　なんて、とても言えないあたしは、直視してくる先輩と視線を合わすことすらできない。
「……照れてんの？」
　柴田先輩の声が聞こえて、あたしはプイと顔をそむける。
「……そーです……悪いですか!?」
「いや……照れてる美桜、かわいーな」
　ドキッ！
　柴田先輩の手が、あたしの肩にのせられる。
　ちょうど10階に着いてエレベーターの扉が開いたのに、柴田先輩は降りようとしない。
「は、早く降り……」
　目は合わせてないけど、柴田先輩に見つめられることに耐えきれなくなったあたしは、先にエレベーターを降りようとする。
　そしたら……グイッと力強く抱きしめられた。
「きゃあ……」
　スッポリと柴田先輩の腕に包まれ、鼓動が急加速するのがわかる。
「そんなに……緊張してるなら、今すぐリラックスさせてやる」
　ドキーッ!!

こんなの、よけいに緊張ちゃうよっ!!

そんなあたしのことなんて、おかまいなしに、柴田先輩はさらにギューッと抱きしめてくる。

「やめ……てよ」

「……美桜」

柴田先輩が、甘い声であたしの名前を呼ぶ。

名前を呼ばれると、胸の奥がキュンとする。

「あのさ……ずっと思ってたんだけど……」

ドキッ。

なに!?

急に改まって言われると、今度は少し不安になってくる。

柴田先輩がなにを言いだすのか、ちょっと怖い……。

「な……んですか？」

「敬語……やめねぇ？」

「ええっ!?」

そんなこと!?

あたしが大きな声を出したからか、柴田先輩もびっくりしたみたいで、あたしから体を離した。

「やっぱ、ムリか！　だよなぁ……オレにタメ語なんか、美桜が使えるワケねぇよな」

ううん……あたしも前からそう思ってた。

敬語をやめたら、もっと柴田先輩に近づけるんじゃないかって……そんな気がする。

「たまにな、無意識でタメ語使ってることあるだろ。そんとき、すげぇうれしくて……」

「そうなの……？　じゃあ、がんばってみようかな」
「マジで!?　じゃー柴田先輩、大好き！って、言ってみろよ」
　柴田先輩は、ニヤニヤしながらあたしを見つめてくる。
「……へっ？　それってちょっと、ちがくない!?」
「同じだって。まずは簡単な言葉から……」
「意味わかんない！　なんであたしがそんなこと言わなきゃなんないんですか？」
「まあまあ……」
「なにが、まあまあなの？　それに、いい加減降りないとまた……」
　あたしがそう言うか言わないかのうちに、扉が閉まり、エレベーターは下に動きはじめてしまった……。
「「あーっ！」」
　ふたりそろって叫んでみたものの、エレベーターは再び１階へと下りていく。
　１階に到着すると、おじいさんが立っていて、あたしたちはとりあえず外に出た。
　おじいさんと入れ替わり、あたしたちはいったんエレベーターを見送る。
「柴田先輩がバカなこと言うから……」
「ハハッ、悪い悪い」
　そのうちに、２台あるエレベーターのもう片方が下りてきたから、あたしたちは再び乗りこむ。
「緊張してんの、治った？」

誰も乗ってないけど、ふたりっきりでも、もう全然緊張しない。

「おかげさまでー」

イヤミっぽく言うと、柴田先輩は苦笑い。

「エレベーターにもう一度乗るハメになったからって、そんな怒んなよー。美人が台無し！」

いつものようにヘラヘラと笑う柴田先輩に、なんだかあきれちゃう。

「柴田先輩だって、そんなヘラッと笑ってるとカッコよさが半減（はんげん）なんだから」

「おっ、オレのことカッコいいとか、いつも思ってくれてるんだ!?」

「そっ……それは……」

あたしは思わず口を手で塞ぐ。

「……もぉ、素直になれよ」

柴田先輩は、あたしの背中に腕を回すと、そっと体を引きよせる。

ドキドキドキ……。

「柴田先輩、エレベーターのボタン押してないですよ」

「えっ？　あ……あぁ、そーだったな」

行き先のボタンを押してなかったから、エレベーターはまだ１階のまま。

あわてて10階のボタンを押すと、柴田先輩はあたしを見て優しく目を細めた。

「今日の美桜……すげーかわいい」

「…………」

こんなに近くで言われると……はずかしいよ……。

照れ顔を見られたくなくて、先輩の胸に顔を埋(うず)める。

「美桜は、照れるともっとかわいくなる。だから、どんどん照れていーから」

「……なんなんですか、それ」

「ホラ、顔上げてオレを見ろよ」

はずかしかったけど、思いきって顔を上げた。

そうしたら、すっごくうれしそうな柴田先輩の笑顔が目に飛びこんできた。

あぁ……あたしはこの人の、この笑顔が好きだなぁ……。

なんて、うれしそうに笑うんだろ。

「美桜……好き」

おまけにそんなこと言われたら、もうどうしていいのかわからない。

「うん……」

あたしはまた先輩の胸に顔を埋める。

——グーッ。

そしたら、すごいタイミングでお腹が鳴った。

「え……今の音って……」

「ハハッ、オレ。腹減った……」

柴田先輩は少しはずかしそうに笑いながら、自分のお腹をさすっている。

「早く家に行って、サンドイッチ食べましょう」

「サンドイッチ!?　オレが好きって知ってたワケ？」

「え、そうなんですか？　偶然……」
「うれしい……」
　微笑んでいる柴田先輩を見ると、作ってきたことをアピールしたくなってきた。
「あたしが……作ったんです」
「マジで!?　おい、早く食おうぜ」
「はいっ」
　今度はちゃんと降りて、先輩の家にふたりで入る。
「はい、じゃなくて……うん、だろ？」
「はい……あっ……うん」
　まだつい敬語になっちゃうけど、これから変えていきたい。
　そして、もっともっと……先輩との距離を縮(ちぢ)めていけたらいいな。
　柴田先輩が手をつないできたから、あたしも素直にそれに応じる。
　今日は、素敵なお家(うち)デートになりそうな予感！

　このあとなにがあったのかは……ご想像にお任せします♥

end

あとがき

☆afterword

　『モテヤンキーにコクられて』を最後まで読んでくださり、本当にありがとうございます。

「おいお前。今日からオレの女な」
　こういったセリフは、マンガや小説でよく出てきますよね。
　ヤンキーや俺様イケメンにこう言われて、物語の中で胸キュンする主人公に、実はずっと疑問を持っていました……。
　こっちの気持ちは全く無視で、いきなり上から目線でこんなことを言われて、うれしいもの？
　相手が超イケメンなら、ドキドキするのか……!?
　いや、まずウケるよね……っていうのが、私の結論でした。
(その前に、そんなこと言われない（笑))
　柴田先輩が好きだっていうことに気づいたのに、ついイジワルを言ってしまう美桜。
　好きって言われれば言われるほど、柴田先輩に対して素直になれない……。
　誰もが憧れるヤンキー柴田先輩を、冷めた感じであしらう美桜を書くのが、とっても楽しかったです。
　そんなツンデレ美桜も、柴田先輩にかかればあっという間にメロメロに♥
　この話を書き終わったあと、柴田先輩なら「おいお前。今日からオレの女な」って言うのもアリかもな〜なんて思いました。

皆さんはどうでしたか!?

美桜になにを言われても、一途に美桜を想いつづける柴田先輩に、少しはドキドキ、胸キュンしてもらえたでしょうか……？

このお話への感想、今度はこんなお話が読みた〜い！などの希望があれば、読者カードやお便りで聞かせていただけるとうれしいです！

野いちご掲載当初はあまり甘々シーンがなかったこの作品ですが、文庫化に伴い、甘々シーンを含めてエピソードを大幅に加筆しました。

文庫本用に特別に書きおろした番外編も載せていますので、野いちごで一度読んだ方も、お見逃しなく!!

早いもので、acomaru（アコマル）の文庫本もとうとう７冊目を迎えました〜!!

皆さ〜ん、本当にありがとうございます！

勢い？　偶然？　奇跡!?

なんにせよ、ホントに信じられないです。

これもひとえに、応援してくださる読者様、支えてくださる頼もしい編集者様、優しく見守ってくださっているスターツ出版の皆様のおかげです。

これからもがんばりますので、応援よろしくお願いします。

acomaru

この物語はフィクションです。
実在の人物、団体等とは一切関係がありません。

acomaru先生への
ファンレターのあて先

〒104-0031
東京都中央区京橋1-3-1
八重洲口大栄ビル7F
スターツ出版（株）書籍編集部 気付
acomaru先生

KEITAI SHOUSETSU BUNKO
野いちご
SINCE 2009

モテヤンキーにコクられて

2013年3月25日　初版第1刷発行

著　者　acomaru

発行人　新井俊也

デザイン　黒門ビリー&フラミンゴスタジオ

DTP　株式会社エストール

編　集　水野亜里沙
渡辺絵里奈

発行所　スターツ出版株式会社
〒104-0031 東京都中央区京橋1-3-1　八重洲口大栄ビル7F
TEL 販売部03-6202-0386(ご注文等に関するお問い合わせ)
http://starts-pub.jp/
印刷所　共同印刷株式会社
Printed in Japan

ISBN 978-4-88381-712-2　C0193

ケータイ小説文庫　2013年3月発売

『冷たい彼は幼なじみ』 森沢仁奈(もりさわにいな)・著

モテ体質なのに超鈍感な妃奈は、ある日、幼なじみの祐くんから無視されるようになってしまった！　声をかけても冷たくにらみ返されるだけ。彼女まで作ってしまって、ますます遠い存在に…。ショックで泣いている妃奈に、祐くんが久しぶりに話しかけてくれたと思ったら、突然キスをされて…？

ISBN978-4-88381-714-6
定価 536 円（税込）

ピンクレーベル

『隣のキミ』 永瑠(える)・著

今日は高校1年で初の席替え！　男子が苦手な美心は、たったひとつの隣が誰もいない席をねらっていた。でも、クジで引き当てたのは、学校イチのイケメンで超クールな橘くんの隣。ひと言も話せないまま迎えた放課後、不安をかかえながら大好きな公園に行くと、橘くんがベンチで寝ていて…!?

ISBN978-4-88381-716-0
定価 546 円（税込）

ピンクレーベル

『桜、ふわふわ』 桜川(さくらがわ)ハル・著

高2の愛子は人気者の教師・イッペー君に内緒の片想い中。夏休みのある日、愛子はひとりでイッペー君の補習を受けることに！　思わず告白してしまった愛子だけど、先生の返事は…。大人気作家・桜川ハルの、ちょっぴり切なくて温かいラブストーリー。恋する女の子は勇気がもらえる1冊！

ISBN978-4-88381-715-3
定価 546 円（税込）

ブルーレーベル

『オレンジ色の校舎』 由侑(ゆう)・著

高2の遥は、同じクラスの瀬川くんのことが好き。実は、遥は中3のころ瀬川くんと付き合っていたが、緊張してうまく話せず、たった数ヶ月でフラれてしまった。それからずっと、見つめるだけの片想いをしてきた遥。ほとんど会話もできずにいたが、ある日、クラス会で偶然ふたりきりになり…？

ISBN978-4-88381-717-7
定価 599 円（税込）

ブルーレーベル

ケータイ小説文庫　好評の既刊

『ヤバイヤツに恋をした★』 acomaru・著

高１の光が朝乗る通学電車にいるイケメン。いつも目の前に立っていて一目ボレしてしまう光だが、彼についてわかったのは、ちがう高校だということと“ゆうき”という名前だけ。絶対彼も毎日一緒なことに気付いているハズ！　ある日ついに話しかけるチャンスが到来。だけど、彼は冷たくキケンなヤツで…⁉

ISBN978-4-88381-710-8
定価 578 円（税込）

ピンクレーベル

『彼氏にしたい男子 No. 1』 acomaru・著

高２の亜美は黒髪メガネの地味子だが、ひそかにヤンキーでイケメンの九条くんが好き。そんな中、学校では文化祭でやる“彼氏にしたい男子 No.1”と“彼女にしたい女子 No.1”を決めるコンテストが超話題。それに選ばれたふたりが付き合うというウワサがあって…⁉　大人気作家 acomaru が贈るヤンキーラブ★

ISBN978-4-88381-679-8
定価 588 円（税込）

ピンクレーベル

『イジワル王子とお姫様』 acomaru・著

幼稚園の頃、仲よしだった(⁉)桃香とナツキ。ある日、イジメられていたところを助けられ、その日から桃香にとってナツキは“王子様”になった…。やがて、高校生になったふたりは偶然再会。また出会えた奇跡にドキドキする桃香だが、ナツキはイケメンだけど俺様キャラになっていて…⁉

ISBN978-4-88381-596-8
定価 546 円（税込）

ピンクレーベル

『恋するキャンディ』 acomaru・著

高１で優等生のさやは、絡まれていた所を黒髪のイケメン・絹川当麻に助けられる。が、実は当麻はヤンキーで「オレのオンナになれ」と言われて…⁉　過去のトラウマからヤンキー嫌いなさやだけど、自分のために変わろうとする当麻に次第に惹かれていく…。優等生×ヤンキーの甘甘学園ラブ♪

ISBN978-4-88381-567-8
定価 567 円（税込）

ピンクレーベル

ケータイ小説文庫　2013年4月発売

NOW PRINTING

『甘々な俺様とふたりきり』れにぃ・著

彼氏いない歴2年目の高校2年生・美咲は、元カレとの辛い別れがトラウマで、男に全く興味を持てないでいた。そんなある日、母親が1ヶ月もの海外旅行へ。その留守中、美咲の通う学園の王子様・輝と同棲することになってしまい…!?ひとつ屋根の下、激甘＆胸キュンな恋の波乱が巻き起こる！

ISBN978-4-88381-721-4
予価 525 円（税込）

ピンクレーベル

NOW PRINTING

『王子様と秘密の××』なな.・著

ある日、放課後の図書室で高校中の女子に愛される王子様・悠の聞いてはいけない会話を聞いてしまった胡桃。悠から「お前は、今日から俺のペットだ」と脅されてしまう。イケメンで優しく成績優秀な王子様の正体は、超強引な俺様だった!　そんな悠の命令に振り回されっぱなしの胡桃は、どうなっちゃうの!?

ISBN978-4-88381-724-5
予価 525 円（税込）

ピンクレーベル

NOW PRINTING

『1/4の奇跡』樹香梨・著

高2の花音は、ある日の体育館で同じクラスの拓人がバスケをしている姿を見て以来、彼のことが気になってしかたない。文化祭の準備で仲良くなれた拓人に、花音は思い切って告白するが、返事は「誰とも付き合わない」だった。実は拓人には人知れず抱える病気があって…。涙と感動の純愛物語！

ISBN978-4-88381-722-1
予価 525 円（税込）

ブルーレーベル

NOW PRINTING

『恋の唄』和泉あや・著

結衣は高2のクラス替えで学年の人気者・華原くんの隣の席になる。彼の優しさに惹かれ始める結衣だが、華原くんにはある事情で別れられない彼女がいた…。ひたすら彼を想い、待ち続ける恋心がつづられた結衣の日記を手にした、親友・伊織の目線で語られる、絶対号泣のラブストーリー！

ISBN978-4-88381-723-8
予価 525 円（税込）

ブルーレーベル

書店店頭にご希望の本がない場合は、
書店にてご注文いただけます。